Wir sind Totgeborene, werden wir doch schon lange nicht mehr von lebendigen Vätern gezeugt, und das gefällt uns immer besser und besser. Wir bekommen Geschmack daran. Bald werden wir so weit sein, dass wir von einer Idee gezeugt werden.

Dostojewskij

PanInI oder Der Philosophenkönig ist ein »Buch«, das sich geschrieben hat mit ebensolchen Mühen, wie es sich verdauen lässt; das mit Wehen zu dieser Welt gebracht und mit Fürsorge will behandelt sein. Wehe dem, der keinen Mut mitbringt, sich an seiner Phantasie messen zu lassen. Denn, wie man sehen wird, gilt allein für sich nur eine Weisheit: *„Wie beim Essen, so bei der Arbeit."* – Dabei scheint keineswegs erwiesen, dass derjenige, der schneller schlingt, auch schneller versteht. Allerdings mit gutem Gewissen sei zu behaupten, dass jener länger satt ist, dem die Speisen länger im Magen liegen. In diesem Sinne möge die Arbeit langsam genossen sein und die Philosophie redlich ernähren. Der Syllogismus sei angerichtet: *»Jedes Mahl hat ein Ende, nur die Philosophie hat keines«.*

Jürgen Walter Günter Mick, geboren 1964 in Augsburg, war in seinem Leben tätig als Barkeeper, Soldat, Architekt, Komponist, Musiker & Schriftsteller. Zuletzt als Buch erschienen sind:
Schattengestalten – Gedichte (2015),
Christkind in Dilargent – Erzählungen (2013).

JÜRGEN MICK

PanInI

ODER

DER PHILOSOPHENKÖNIG

Bibliografische Information Der Deutschen Bibliothek:

Die Deutsche Bibliothek verzeichnet diese Publikation in der Deutschen Nationalbibliografie; detaillierte bibliografische Daten sind im Internet über <http://dnb.ddb.de> abrufbar.

Zweite Auflage 2016
© 2010 Jürgen Mick
Herstellung und Verlag: BoD - Books on Demand, Norderstedt
Grafik „Die Geburt des Philosophenkönigs" (S.10)
von Günter Schweigard
Layout & Umschlaggestaltung: Jürgen Mick

Printed in Germany
ISBN 9 783842 365001

Meinen Nachkommen

Πόλεμος πάντων μὲν πατήρ ἐστι, …

Heraklit

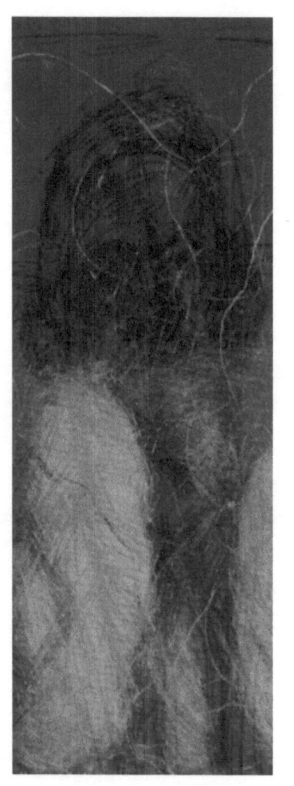

Lieber Leser,

es ist einzusehen, was jetzt folgt ist nichts für zarte Gemüter, aber so hat es sich zugetragen, und es ist sogar, wie der Autor dieser Zeilen denkt, noch nicht am Ende. Natürlich ist es nicht von Pappe, wenn ein Philosophenkönig geboren wird. So hört, was Platon schon dem Sokrates in den Mund gelegt: "Wer also vieles Schöne erblickt, das Schöne selbst aber nicht sieht und auch einem anderen, der dazu hinführen will, nicht zu folgen vermag, und auch wer vieles Gerechte sieht, nicht aber das Gerechte selbst, und so weiter – von denen werden wir sagen, dass sie alles meinen, aber nichts von dem erkennen, was sie meinen."

So hüte sich der, der verlangt, dass diese Geschichte immer schön zu lesen sei, dass alles, was in ihr erzählt wird, wirklich sich zugetragen habe und der Erzähler jedem und jeder gerecht würde, auf dass ihm nicht sein Pferdeschwanz abgeschnitten werde.

Dann auf, ihr fettwanstigen Sodbrenner und fittgeilen Sonnenbänkler, lasst uns das Schöne meiden, um das Schöne zu entdecken, aus Liebe zur Wahrheit manchmal richtig ungerecht sein, und – aus besagtem Grunde – es den Erzähler einmal andersherum versuchen. Vielleicht entdecken wir ja auch etwas Liebliches, Leichtes, Vorgekautes, Bekanntes, Renditeträchtiges, Herzeigbares, Nützliches, Wiederverwertbares, oder – was weiß das ich, nach was es Euch, lieber Leser, gerade gelüstet?!

Eines ist sicher, die Zeit des Verteilens ist vorbei, das krähen bereits die Minister auf dem Mist! Darum nehmt Euch zumindest aus der Geschichte, wenn sonst nirgendwo mehr etwas zu holen ist. Zugegeben, die Geschichte ist nichts für volle Mägen. Sodann mein Rat: Warte ab, wer überfressen ist, oder genieße er seine selbstverschuldete Erleichterung.

TEIL I

KINDHEIT

1. Kapitel

Von der Ankündigung einer wahren Geburt

Es ist eine in Stein gemeißelte Inschrift – eingemauert in dem Bogen eines alten Stadttores –, die von einer rätselhaften Prophezeiung erzählt und uns noch heute von dem Ausmaß des Elends kundtut, das in jener nachgeschichtlichen Zeit geherrscht haben muss:

Ankündigung einer wahren Geburt

Seit ewigen Zeiten trugen sie ihre Kinder in ihren Bäuchen, doch hat es sich einst ergeben, dass sie immer größer gerieten und ihnen schließlich der Ausgang auf immer versperrt bleiben sollte. So denn trugen sie ihre Kinder und deren Kinder ihre Kinder in ihren unermesslichen Bäuchen vor sich her, erlitten dabei die Qualen der ewigen Hölle und beteten, auf dass ihnen jemand die Bäuche aufschnitte und sie sich ihre Gedärme entleeren könnten. Sie versuchten sich die Leiber zu entreißen, schlugen sich Nägel ins Fleisch, ja sie führten gar Krieg, um zu sterben, auf dass ihre Kinder aus ihren Bäuchen erstünden. Doch sie gewannen keine Schlachten mehr, die Visionen hatten sich verflüchtigt. Zu glauben, dass ihre Kinder noch leben könnten, war verpönte Utopie. Die Rücken verbuckelt, leckten sie nur mehr im Staub, schnüffelten nach dem lockenden Geschmack jedes Fruchtwassertropfens.

Die Geburt des Philosophenkönigs ward schon zu lange erwartet und mit nicht geringer Sehnsucht erhofft. Um sein Kommen flehten sie tagtäglich, endlich zu sehen, wie ein Philosophenkönig auf Erden komme. Die Mäuler zerrissen sich all jene, deren Glaube längst erloschen war und deren Dahindümpeln für niemanden mehr erträglich war. Sein Kommen ward Jahrhunderte prophezeit und die Ungeduld gebar nun seltsames Verhalten. Von Sorge zerfressen krochen sie Ihm

entgegen, versuchten sich durch jede Nabelschnur
Einblick zu verschaffen, vorzudringen, den Geburtskanal
hinan. Man schickte Blitz und Schläuche, zerstach
manch mütterliche Brut, seine Zellen auszuschaben,
seinen Embryo herauszulösen ihn ungewollt ans grelle
Licht zu zerren. Sorglos dumpf verschwendeten sie sich
und ihre Kinder, doch stets die Mäuler offen und faselnd
vom König, der ihnen versprochen ward!

Der Philosophenkönig - er naht!

Eine wahre Geburt wird kommen!

Doch heillose Gewissheit kündet nie von der Zukunft für
ein marodierendes Geschlecht. Sie verfügt allenfalls
seherischen Geschmack. In intimer Zweisamkeit räkeln
sich dort Wahrheit und Dummheit unverhohlen im
verschmutzten Nest. Wer da wagt die Pforte
aufzuschlagen, der öffnet dem Verstandesgefasel Tür
und Tor.

So schleich er sich hinfort!

Bis dass die Prophezeiung sich erfülle!

*

So jene Inschrift, die dank eines glücklichen Zufalls – von welchem die folgende Geschichte unter anderem handeln soll – wiedergefunden wurde und in jenem Stadttor eingemauert, auf uns gekommen ist. Und hätte nicht jener Finder für reichlich Wein und fetten Schinken in endlosen Nächten von den Begebenheiten erzählt, die ihn geführt hatten und hätten seine aufmerksamen Hörer nicht einst auf zahlreichen Pergamentfetzen eben diese Begebenheiten festgehalten, und hätte man sie schlussendlich nicht hinter jenem Reliefstein eingemauert und auf diese Weise für Jahrhunderte konserviert, so hätte eben die folgende Geschichte nicht überdauert und nicht erzählt werden können. So aber ist es an unserer Generation, sie nicht dem Vergessen anheimfallen zu lassen und zu versuchen – die Pergamentfetzen in möglichst plausible Reihenfolge gebracht – zu rekonstruieren, wie sich dieser und zahlreiche andere Zufälle in jener nachgeschichtlichen Zeit ereignet haben mögen.

Die Geburt also – soviel wissen wir bereits – war in diesen denkwürdigen Zeiten ein unerhört seltenes Ereignis. Deshalb galt, wer wahrlich geboren werden sollte, konnte nur ein Philosophenkönig sein. So lasst uns denn künden von der Geburt des Philosophenkönigs. Auf dass sich in allen Köpfen Hoffnung breit mache und sie uns von unseren Bäuchen erlöse!

2. KAPITEL

Von einer Geburt und anderen Missgeschicken

Seiner von Natur aus eher kleinen Körpergröße hatte er es zu danken, dass man ihn im Uterus, trotz aller technischer Neuerungen, die die vorgeschichtliche Zeit mit sich brachte, nicht vermocht hatte, ausfindig zu machen. Diesem glücklichen Umstand hatte er es schließlich ebenfalls zu danken, dass ihm, wie von der Natur vorgesehenen, vergönnt war neun Monate in Sicherheit, das heißt unbeobachtet, dahinzudämmern. Eine Zeit, nach der er sich in seinem späteren Leben oft – ohne es vielleicht auszusprechen, ja ohne es gar selbst zu wissen – zurücksehnen mochte. Damals – noch weit drinnen im Mutterkuchen eingenistet – wusste also niemand dort draußen, dass es ihn gab, noch dass es ihn je geben sollte, was ihm dies wohlige und manchen bereits unbekannte Gefühl der Freiheit bescherte. Mit dem Tag seiner Erdengeburt jedoch sollten seine Probleme auch schon beginnen. Man sprach in seinem Falle von einer überraschenden Geburt. Zum einen überraschend, weil es sich so verhielt, dass damals ganz allgemein nicht die Zeit war, in der man an Geburten überhaupt noch glaubte, und zum anderen, weil selbst die werdende Mutter nicht im Geringsten geahnt hatte, dass sie überhaupt schwanger ging.

Vom Knall der platzenden Fruchtwasserblase des nachts geweckt, schreckte die Unwissende hoch und brachte sich dabei in eine so ungünstige Position, dass sie unglücklicherweise von der Bettkante rutschte. Ihr Aufschlagen auf den Terrakotta Fliesen verursachte in der Steißgegend Ikeas[1] – so hieß seine Mutter tatsächlich – derartig heftige Turbulenzen, dass ihr zwischen den Schenkeln die walnussgroße Leibesfrucht hervor schoss.

Ein Schmerz folgte auf den anderen, und so verging einige Zeit, bis sie zu verstehen begann, was gerade gegen die Fußleiste der gegenüberliegenden Wand geschmettert worden war. Wahrscheinlich, so kann man annehmen, begriff der Blutpfropf in der anderen Ecke des Zimmers noch längst vor seiner Mutter, was sich soeben ereignet hatte. Erst nachdem jener sich zu rekeln begann und verzweifelt einen Ausweg aus dem schleimig feuchten Schlamassel suchend, sogleich seinen ersten Fluch ausstieß, fiel bei Ikea der Groschen, wie man damals noch zu sagen pflegte. Der beschriebene Vorgang ging, wegen seiner gesellschaftlichen Unwahrscheinlichkeit und seiner biologischen Plötzlichkeit sowohl in

---

[1] *Ikea* ursprünglich abgeleitet von *idéa* (griech. Erscheinung, Form/Urbild bei Platon), sowie *idea* (lat. Begriff); neuzeitlich in der Gemeinsprache verwendet im Sinne von »kurzlebige, gute Idee«; auch als Eigenname in nordeuropäischen Gegenden gebräuchlich.

die Geschichtsbücher, wie auch in die Medizinbücher ein. Weshalb man mit Fug und Recht behaupten konnte, dass der Philosophenkönig – und um niemanden geringeren sollte es sich bei diesem jämmerlichen Däumling unbedingt handeln – *schlagartig* zur Welt kam.

„Wo bin ich hier?", soll seine erste und, allen Gerüchten nach, seine unmittelbar in der Folge geäußerte Frage gewesen sein, was wiederum mit Fug und Recht bezweifelt werden darf. Mithin ist dies dennoch erwähnenswert, weil sie nicht nur seine erste Frage, sondern vor allem die Frage seines Lebens werden sollte, welche ihn wohl nie wieder losgelassen hatte. So deutete aber dieser Sachverhalt bereits an, dass mit jenem Tag der Geburt, dessen Datum uns – vermutlich aus Gründen der Sensation – nicht überliefert ist, nicht nur das problematische Leben des Philosophenkönigs begann, um das wir uns hier kümmern wollen, sondern mit diesem Tag auch die sinnlose Frage – oder es ganz allgemein zu sagen, die sinnlose Fragerei – zur Welt gekommen zu sein schien. So galt zum Beispiel seither als ungelöst, ab welchem Zeitpunkt nun exakt der Philosophenkönig König der Philosophen wurde. Niemand hatte ihn erblickt, ehe nicht er das Licht der Welt erblickte. Er hat zuerst die Welt gesehen, nicht die Welt ihn, wie es in der Regel der Fall war. Niemand war also berufen, wahrlich zu urteilen, wann der König „König" wurde? War er es, wie oft behauptet wurde, bereits im Leib seiner Mutter – obgleich da niemand von ihm wusste? Oder war der Schlag auf den Terrakotta Fliesenboden gleichzeitig das schlagartige zum Königkommen, wie wiederum andere Stimmen behaupteten. Die Frage war und blieb müßig, dennoch wussten sich unzählige Besserwisser darüber unermüdlich die Mäuler zu zerreißen. Die Gelehrten verflochten sich rund um diese Frage zunehmend heftiger in Sophistereien, sodass sich daran ein Jahrhunderte dauernder Streit entfachte, welcher ungeahnte Mittel mobilisierte und an den sich ein nie enden wollender Kampf um Theorien und vermeintliche Wahrheiten anschloss, welcher in der Geschichte noch viele Leben kosten sollte, wie der Leser gleich erfahren wird. Doch vorher sei es gestattet noch ein paar andere, wesentlich bedeutendere Dinge zu erwähnen.

3. KAPITEL

Von der unersättlichen Neugier kleiner
Philosophenkönige

Der Philosophenkönig hatte kaum an Körpergröße, jedoch unverhältnismäßig viel an Bewusstsein zugelegt, obgleich er sich regelmäßig bis zur Bewusstlosigkeit an der Brustwarze seiner Mutter verköstigte. Ein Jahr nach jenem überraschenden Ereignis war er noch so winzig, dass er bequem hätte zurück kriechen können, woher er gekommen war. Doch das lag nicht im Geringsten in seinem Sinne. „Wer hatte nun das Licht angeknipst?", fragte er sich, zwölf Monate nach seiner Geburt. Seine unbändig neugierige Natur trieb ihn in die Welt. Niemals lag ihm der Gedanken ferner, einen Rückzieher unternehmen zu wollen, sofern dies überhaupt denkbar war. Man könnte wohl sagen, er, der Philosophenkönig, kam auf eigenen Wunsch zur Welt. Von der ersten Minute an loderte in ihm jene unheilvolle Gier nach Wissen, die ihm keine Ruhe mehr lassen sollte. Alles, im umfassenden Sinne des Wortes, wollte dieser Knirps empirisch in Erfahrung bringen, von der Welt und den Dingen, den Kreaturen und Phänomenen, der Zeit und der Unendlichkeit. Vor allen Dingen aber war ihm zuerst daran gelegen herauszufinden, woher er selbst gekommen war. Wie hatte es sich zugetragen, dass er nun existierte, umstellt – um nicht zu sagen bedrängt – von all diesen Dingen, die sich kein Mensch erklären konnte, obgleich alle so taten, als wären sie selbstverständlich da. So verlegte er sich mit nur zwölf Monaten auf das Studium der Genealogie, von der seine Mutter vorher noch nie etwas gehört hatte. Ikea war in diesen Tagen so oder so nicht ansprechbar, sie litt an einer schweren postpartalen Depression und nahm verständlicherweise weniger vom Tun ihres Sohnes Notiz, als vielmehr Antidepressiva. Sie antwortete ihm auf sein Fragen allenfalls unwillig, indem sie ihm vorwurfsvoll jene Öffnung zeigte, aus der er einst geschossen kam, doch darauf zielte seine Frage nun bei Leibe nicht ab. Seine Abstammung, seine Ahnen und seine genetische Verfassung wollte er bestimmen. Der Name seines Vaters war Idem[2], soviel wusste Ikea noch, doch darüber hinaus war wenig von ihr in Erfahrung zu bringen, denn der männliche Erbgutträger war weder ihr noch sonst jemandem aus der Gegend näher bekannt. Idem hatte Ikea lange vor der Königsgeburt sitzen lassen, wie der Volksmund zu sagen pflegte. Doch eine solche Formulierung verzerrt aus unserer heutigen Sicht den Sachverhalt.

Man kann ihm zumindest keines Falls vorwerfen, er hätte des Kindes wegen das Weite gesucht, zumal er davon so wenig wissen konnte, wie alle übrigen Beteiligten und Unbeteiligten von der Schwangerschaft an sich wussten. Idem war lediglich damals auf der Durchreise und die Flüchtigkeit der Beziehung stand von vornherein fest

---

[2] *Idem* ursprünglich abgeleitet von *idem* (lat. = der selbe); als Eigenname in nordeuropäischen Gegenden eher ungebräuchlich;

und war in beiderseitigem Einvernehmen ausschließlich auf das Sexuelle eingeschränkt worden. Wie konnte er ahnen, dass er schon beim ersten und einzigen Mal seine Gene hinterlassen würde. Idem, davon kann man ausgehen, war vollkommen ahnungslos, als er von dannen zog und muss es auch noch zu jenem Zeitpunkt, an welchem wir uns nun in unserer Erzählung angelangt finden, gewesen sein. Es war eine schlichte Nacht der Empfängnis, der natürlichen Art; keine In-vitro-Fertilisation, keine Klonung oder ähnliches. Es handelte sich ausdrücklich um keine Jungfrauengeburt, sondern um ganz selbstverständliches, gesundes, sehr aktives Sperma, eingebracht in gleichmäßig anhaltender Ejakulation. So kamen die Mutter zum Kind und die Eizelle zu ihrer Reproduktion.

Man hatte auf pränatale Diagnostik, wie auf jede Art der genetischen Manipulation verzichtete. Wie? Ihr sagt, das sei das natürlichste Ereignis der Welt? Mit Verlaub, zu jener Zeit war es das außergewöhnlichste, denkbare Ereignis. Ganz abgesehen von den historischen Gegebenheiten ließen den Philosophenkönig die spärlichen Erklärungsversuche seiner Mutter allesamt enttäuscht zurück. Und sooft Ikea ihm auch alles zum wiederholten Male aus ihrer Erinnerung kramte, es ergaben sich keine schlüssigen Antworten auf sein Dasein. So kam er unmöglich weiter. Ihm war es daran gelegen die Bedingungen der Möglichkeit seiner Existenz zu erhellen. Ihm ging es darum zu wissen, wer er war und was er hier sollte. So winzig und jung er war, löcherte er unvermindert seine Mutter mit Fragen, dass es kein Ende nehmen wollte, bis Ikea schließlich befand, es wäre also an der Zeit, ihn in professionelle Hände zu geben. Vorher allerdings seien dem Leser noch ein paar Eindrücke gegönnt von jener hoffnungslos euphorischen Stimmung im Lande, die im ersten Jahr des Philosophenkönigs herrschte und allein den oben geschilderten Ereignissen geschuldet war.

4. KAPITEL

Vom Sturm der Bilder und allzu überzogenen Erwartungen

Der Stern des Philosophenkönigs war kaum aufgegangen, da erschienen Beobachter aus allen Weltgegenden an seiner Wiege. Sie brachten ihm großzügige Geschenke dar und sie bannten ihn multimedial auf ihre Datenträger. In der Hoffnung seine ihm zugeschriebene Weisheit würde unmittelbar übertragen, ließen sie ihn nicht eine Sekunde aus ihren Suchern. Die Stube war vom Blitzlicht erhellt und Mikrophone reckten sich ihm wie beschwörende Geisterfratzen entgegen. Die Masse gierte nach dem Erlöser und man versäumte nichts, sie an jeder seiner Entwicklungen teilhaben zu lassen. Die Beobachter – sie hatten sich trotz Fettleibigkeit und unheilbarer Indifferenz *in personam* zu des Philosophenkönigs Geburtsstätte geschleppt – bestürmten regelrecht sein Geburtshaus, seine Wiege und seine Psyche, dass sowohl sein physisches Leben, wie auch seine freie Selbstentfaltung tendierten, unter dem Ansturm der von ihren Bäuchen gezeichneten Masse, in ihrer Entwicklung gestört zu werden. Die erste Gewalt im Staat sah sich veranlasst, den neugeborenen Philosophenkönig zu schützen und verbot kurzerhand – unter Androhung der Todesstrafe – ihn weiterhin abzulichten oder anderweitig zu reproduzieren. Weder sein Abbild noch seine Stimme durften vervielfältigt werden. Vom Philosophenkönig sollte man sich in Zukunft kein Bild mehr machen. Existierende Aufzeichnungen waren binnen einer gewährten Umstellungsfrist von vierundzwanzig Stunden zu löschen. Zuwiderhandlungen wurden anfangs tatsächlich mit unerbittlicher Grausamkeit verfolgt. Berichterstattung über den Philosophenkönig war fortan nur noch in schriftlicher Form erlaubt, Interviews nur noch nach ausdrücklicher Zusage seiner persönlichen Anwälte und in Begleitung seines Psychiaters durchzuführen. Der Stern war also aufgegangen, und wie! Der Däumling war über Nacht zum Megastar avanciert, wie es ihn in jener einfältig pandemischen Zeit seit langem nicht mehr gegeben hatte. Falls die Sache mit der Todesstrafe den Leser von heute irritieren mag, sei noch angemerkt, die Androhung der Todesstrafe im Zusammenhang mit medialer Belästigung war erst kurz zuvor möglich geworden, nämlich nach der Verabschiedung der Medienreform und der Erneuerung des ersten Medienrahmengesetzes im Zusammenhang mit der Bekämpfung des PPP[3].

Man versetze sich in die Situation der Menschen, wie sie sich in jener aussichtslosen Lage darstellte. Der Zweifel nagte an allem, was sie taten. Zweifel hatte ihre Werte ausgehöhlt, Zweifel hatte ihre Gewissheiten ruiniert, ja der Zweifel über ihre Existenz hatte sie viele Leben gekostet. So hangelten sie sich durch einen Alltag, der, geradezu zerfressen vom Zweifel, nichts als den schalen Geschmack der Vergeblichkeit hinterließ. Misstrauen beherrschte ihre Gesichtszüge, Täuschung und Simulation prägten ihren Gestus. Chronische Hoffnungslosigkeit schwächte zunehmend das Immunsystem der Menschen,

---

[3] Eingeleitet wurde die Reform des Mediengesetzes durch die Initiative »Mit Kreide und Grips gegen das Power-Point-Phänomen«, ausgelöst durch eine Minderheit des praktizierenden Lehrkörpers des Landes und mit Nachdruck unterstützt durch anhaltende Proteste unter der Landbevölkerung.

was die beschleunigte Verbreitung von Pandemien begünstigte. Millionen von ihnen fielen Infektionskrankheiten zum Opfer oder verfielen in Depression. Von weitestgehender Handlungsunfähigkeit gezeichnet wurde die Bevölkerung zum Futter von Katastrophen und Unbilden der Natur. Die Teufel der Technik machten gegen sie Wetter und die Natur drohte mit Rache. Man sah sich in der Zwickmühle von Gefahr und Risiko eingeklemmt, hilflos, kränklich, ohne jede Utopie. Kurz: Die ins Unendliche wachsende Ungewissheit machte die Menschheit sterbenskrank. Niemand mochte es ihnen da übel nehmen, dass sie sich auf den vermeintlichen Philosophenkönig stürzten. Das Volk hatte gedarbt und endlich genug von seiner abgetakelten und vom Inzest maledierten Herrschaft. Schon zu lange glaubte niemand mehr an Erziehung und Bildung. Seit vielen Geschlechtern wusste niemand mehr von Tugenden zu erzählen, geschweige denn von dem Guten. In *Stuprukratie* und *Plorokratie* hatte sich seit Generationen die politische Führung aufgelöst. Revolution lag seit Zeiten nahe, nur sah sich niemand in der Lage noch zu handeln. Die Revolutionäre von einst waren längst aus der Haft entlassen und dann an Überfettung gestorben. Hilfe versprach man sich in einer solchen Situation lediglich von außen, man wünschte sich nichts mehr, als einen weisen Führer. Die Harnische waren angelegt, Mistgabel und Dreschflegel lagen griffbereit, soweit solch obsoletes Handwerkszeug noch zur Hand war. Niemand war mehr gewillt, das eigene Blut zu saufen. Don Quichotte zu folgen, wären sie gern bereit gewesen, einem selbstsüchtigen Pontius das Schwert zu halten, waren sie endgültig leid. Doch sie saßen nur, schwer gerüstet, ihre Köpfe in ihre Hände gesenkt, am Küchentisch und warteten. Auf ihn, den Philosophenkönig, haben sie schlussendlich gewartet, das war ihnen jetzt klar geworden. Doch – wie wir die Geschichte kennen – sie sollten sich wundern!

5. Kapitel

Von der blutigen Berufung, und wie ein extremer Fall von Übermotivation dem Philosophenkönig seine lang ersehnte Ruhe verschaffte

Die Medien betitelten ihn den „Erlöser". Und auch das Volk ließ nicht ab, vor seinem Haus nach *dem Erlöser* zu skandieren. In den ersten Wochen ging dies Gerede an dem Neugeborenen vorbei, lediglich die Unruhen und Ausschreitungen unter seinem Fenster verursachten einen derartigen Krawall, dass sie ihm seinen kostbaren Schlaf raubten. Wissbegierig, wie kein Zweiter, war ihm selbstverständlich auch das Leid, in dem sein Land zu versinken schien, nicht entgangen. Er registrierte aufmerksam die elenden Bauchmenschen, die sich an seiner Wiege auf und ab schleppten. Jene armseligen Kreaturen, die niemandem mehr in die Augen blicken wollten, ja, die nicht einmal sich selbst noch in die Augen sahen. Ihm war in den wenigen Stunden, die er sich in der Welt wiederfand, nicht entgangen, dass offenbar eine untragbar schwere Hoffnung auf ihm lastete. Er konnte allerdings noch nicht verstehen, wo die Ursache des Problems liegen sollte? Die Menschen führten ein ruhiges Leben, das in geordneten Bahnen zu verlaufen schien. Prognosen und Hochrechnungen schützten sie vor Unzulänglichkeiten. Er kannte niemanden, der nicht über unzählige Ratgeber und Experten verfügte, die ihm zur Seite ständen, die Sorgen der Ungewissheiten abzunehmen. Die Versorgungslage war ausgeglichen und die Ernährung vitaminreich. Im Bereich der geschlechtlichen Fortpflanzung war man gar daran, das Unmögliche möglich zu machen. Mittlerweile geriet man in der Biologie in Gefilde, die verhießen die Nabelschnur, an der man noch hing, endgültig zu durchtrennen. Hoffnung und Phantasie trieben ihr Vexierspiel, was den Medien willkommen, den Schwangeren jedoch keine Linderung war und den jungen Mann in seiner Wiege – im Denken noch ungelenk, des Grübelns schließlich überdrüssig – zunehmend in Unmut versetzte. Die Tristesse, die ihn umgab, machte ihn – einen von Natur aus reichlich temperamentvollen Jüngling – aggressiv, und ihm gelang nicht, es für sich selbst zu begründen, weshalb? Er wurde zunehmend zorniger und entsetzte sich über die allerorten verbreitete Lethargie. Als ihm obendrein bewusst wurde, dass gerade er es sein sollte, der die Masse ihres Wahnsinns erlösen möge, wurde er böse und biss dem Nächststehenden, aus der ihn permanent umlagernden Journalistenschar, den Kopf ab, spuckte denselben den umstehenden, schockierten Gaffern vor die Füße, dass er gewaltig aufschlug und mit einem großen Satz durch das Fenster in den Vorgarten sprang, von dort direkt ins angrenzende Königreich Dänemark, weiter über Island, bis nach Grönland katapultiert wurde, wo er – kurz vor Erreichen des amerikanischen Festlandes – liegen blieb und im Eis seine ewige Unruhe fand. Mit dieser so sensationellen, wie unglaublich blutigen Tat stand für die Zunft der Journalisten eine üble Zeit bevor[4] und dem Däumling in der Wiege schlagartig seine Lebensaufgabe vor Augen. Der Philosophenkönig hatte Blut geleckt und beabsichtigte fortan, sich nur noch auf seinen Kampf als Philosophenkönig vorzubereiten. Ihm war mit einem

---

[4] Nämlich die Zeit der unendlichen Suche nach einem verlorenen Kopf;

Schlag (schon wieder ein Schlag!) klar geworden, dass es – wenn auch entgegen seinem Willen – seine Berufung sein müsse, den Menschen aus seinem Wahnsinn zu befreien, worauf er dann nicht länger warten wollte und seinen Bewusstseinswallungen freien Lauf ließ. Er würde der Welt zeigen, was es heißt einen Philosophenkönig zu beleidigen, begann er. Mit allen Mitteln wolle er gegen die Dummheit vorgehen, sagte er seiner Anhängerschaft, und als erstes, gerichtlich verbieten lassen, ihn weiterhin *Erlöser* zu nennen, womit er den Menschen selbstverständlich vor den Kopf schlug. Im Weiteren, sei er erpicht darauf, sich über die Geschichte seines Landes bis ins kleinste Detail in Kenntnis zu setzen, um sich für die bevorstehende Schlacht (Es musste eine Schlacht werden, wie er dachte.) zu wappnen, gegen den Trübsinn, den Wahnsinn, und wenn es sich denn als erforderlich erweise, gegen jeden Sinn!, verkündete er und schlug seinem Auditorium damit ein weiteres Mal vor den Kopf. Und so weiter und so fort, Schlag auf Schlag! Es folgte ein Versprechen auf das andere. Immer mehr seiner Vorsätze und Ideale knallte er seinen vollkommen verwirrten, unverständig drein glotzenden Fans vor die Füße. Seine erste Volksrede geriet ihm unbezweifelbar viel zu lange und über alle Maße ausführlich. Wofür eine seiner grundsätzlichen Schwächen, das sei hier schon einmal angemerkt, verantwortlich zu sein scheint: Maßlosigkeit. Seine Proklamation kam zudem in allzu strenger Artikulation daher, übermotiviert – im „Blutrausch", wie die Presse titelte – überengagiert und phantastisch, einfach extrem und bis zur Erschöpfung ermüdend für jeden, auch seine stärksten Bewunderer. Enttäuschte Mienen blickten ihm entgegen, redlich bemüht, daran festzuhalten, dass hinter all dem krausen Geschwätz wohl ein Geheimnis stecken müsse. Niemand folgte ihm noch auf seinen endlos meandernden Gedankenstrecken, keiner erwies sich unter dem Volk, der die locker aneinander gereihten Publikumsbeschimpfungen noch wahrnahm. Ungehörte Beleidigungen purzelten stundenlang locker aus einem bislang ungehörten Amalgam von Traineransprache, Motivationshetze und Volksvergauckelung, und er sah sich nicht mehr in der Lage, von selbst diesen Redeschwall anzuhalten. Nun, er war noch jung, sehr jung, und er musst noch lernen, viel lernen. Seine Mutter nahm ihn schließlich von der Fensterbank, entzog ihn damit bis auf weiteres der Öffentlichkeit, die ihn, was niemand zum damaligen Zeitpunkt ahnen mochte, nun für einige Jahre entbehren musste. Ikea kündigte an, ab diesem Moment nun alles daran zu setzen, dass der Philosophenkönig eine ordentliche, standesgemäße Ausbildung erfahre. Zumindest verhalf dem Philosophenkönig seine rhetorische Feuertaufe zu seiner lange entbehrten Ruhe. Seine Bewunderer – nur noch vom locker sitzenden Stachel des Geheimnisses betäubt – schleppten endlich ihre Bäuche von dannen und der erschöpfte Däumling endlich in seinen verdienten Mittagsschlaf sinken.

In dessen Arme es nun auch dem Autor erlaubt sei, für einige Stunden sich zu verabschieden.

6. KAPITEL

Wie der Philosophenkönig seine früheste Jugend verbrachte und allzu schnell begriff

Mit Wehmut hat das Volk mit ansehen müssen, wie ihm der Philosophenkönig entzogen wurde und mit Sorge konnte es den Berichten der Medien entnehmen, dass *ihr* Philosophenkönig obendrein nicht wachsen wollte.

Die einsetzenden Zweifel über seinen Status anlässlich seiner ungeratenen Rede, drohten sich auszuwachsen. Der Däumling[5], beziehungsweise seine Berater, und vor allem seine Mutter, gerieten nach der postnatalen Euphorie in eine Glaubwürdigkeitskrise. Die Zweifel waren so unbegründet, wie heftig. Ikea sah Handlungsbedarf. Sie ließ verkünden, dass der Philosophenkönig zu gegebener Zeit wieder dem Volk zur Verfügung stehe, doch mit der Bitte um Verständnis darauf hinwies, dass er vorher seine Kindheit zu bestehen habe. Er lerne über die Maßen schnell – auch Philosophenkönige sind einmal Kind – weshalb sie, wie sie meinte, von einer vertretbar kurzen Präparation, sprich Kindheit, ausgehe.

Sich der heiklen Situation in Gänze bewusst, nahm Ikea die Sache, nach Überwindung ihrer Depression, umso heftiger in die Hand und betrieb sie mit leidenschaftlichem Ernst. Wie ein ganz normales Kind sollte er aufwachsen, so ihre Prämisse, aber immer ganz knapp ein wenig über dem Durchschnitt, wie sie zugleich betonte, und dabei ging sie stillschweigend davon aus, es wäre auch im Sinne Idems gewesen, dass der Philosophenkönig einer soliden Ausbildung unterzogen würde, auf dass er gewappnet seinen Job als Philosophenkönig antreten könnte. Sie war eine bewundernswerte Frau und Mutter (für damalige Zeiten). Sie glaubte, als eine der wenigen, noch an den Sinn von Erziehung und Bildung. Sie war keine fortschrittliche Frau, eher konservativ gestimmt,

---

[5] Da zu jenem Zeitpunkt noch niemandem der Protagonisten aufgefallen war, dass es dem Philosophenkönig vor allem an einem Namen mangelte, so möge der Leser entschuldigen, dass der Autor im Folgenden bis zum geeigneten Zeitpunkt an seinen Formulierungskrücken, als da wären *Däumling, Wicht, Sprössling, Jüngling* und was ihm noch so einfallen will, festhält.

wählte mit Sorgfalt Lehrer und Schulen aus und kontrollierte im Gesellschaftlichen jeden Umgang ihres Sprösslings aufs Penibelste. Sie scheute, wenn nötig, durchaus keine Kosten, noch den nebensächlichsten Experten zum Zwecke der Charakterformung ihres Sohnes zu bestechen.

Der designierte Philosophenkönig hatte gerade einmal seine rudimentärsten Körperfunktionen im Griff, war also gerade stubenrein geworden, als seine Erziehung sozusagen mit einem Paukenschlag(!) initiiert wurde, und zwar mit dem Studium der Musik. Musik hielt seine Mutter für die fundamentalste aller Wissenschaften, für das Fach, welches Körper und Geist gleichermaßen fordere. Eben darum wollte sie diese Disziplin noch abgehandelt wissen, bevor man ihm mit dem Ernst des Lebens begegnen müsste. So wurde der gerade der Wiege Entkommene kurzerhand verpflichtet, neben der Musiktheorie und der Musikgeschichte, die gängigsten Instrumente, wie Blockflöte, Klavier, Gitarre, Orgel, Saxophon und mehrere Schlaginstrumente, kleine und große Trommel, Triangel, Xylophon, Glockenspiel, Becken und all den anderen scheppernden Krimskrams zu erlernen. Darauf folgten speziellere Holzblasinstrumente wie Pikkoloflöte, Oboe, Fagott und Klarinette, womit schon einmal der größte Tonumfang der Orchesterinstrumentierung abgedeckt war. Daneben probierte er sich freiwillig, wie Ikea jedem bestätigte, an der Mandoline, der Zither, den Zimbeln, der Harfe, der Violine, der Bratsche, dem Kontrabass und dem Cello. Er quälte die Tasten von Cembalo, Spinett und Klavichord, blies Tuben, Wald-, Wiesen- und Flügelhörner, das Kornett, die Trompete und Posaunen aller Art, bis sie zu platzen drohten. Zur Komplettierung durften, nach Meinung von Ikea, auch historische Instrumente nicht fehlen. Sie setzte, wie sie hiermit tatkräftig belegte, auf umfassende Bildung. Man besorgte eine arabische Laute, das Krummhorn und eine Schalmei aus dem Orient, den Dudelsack schafft man bis von der Insel heran und den Chittarone, das Ottavino, eine gotische Harfe – die selbst dem interessierten Leser, ohne ihm nahe treten zu wollen, höchst wahrscheinlich unbekannt sein dürften – und auch das gängigere römische Cornu und das in einigen Lexiken noch zu findende Grifflochhorn ließen sich nur mehr im Museum als Leihgabe beschaffen. Er versuchte sich auch an der geraden Trompete, die jedoch angesichts seiner minderen Körpergröße so unhandlich lang war, dass er sie lediglich zur Zerstörung des häuslichen Mobiliars nutzte. Darüber konnte Ikea leichten Herzens hinweg sehen, der Philosophenkönig war der Stolz seiner Mutter. Er beherrschte nach wenigen Monaten besagte Instrumente in mehr oder minderer Fertigkeit, war firm in Musiktheorie und Kompositionslehre, noch bevor er sein erstes Jahr voll hatte und in die Schule sollte. Von vielen Seiten bescheinigte man ihm musisches Talent und mancher riet gar schon zur Musikerkarriere, doch seine Mutter hatte für einengende Berufsvorstellungen nichts übrig. In ihr hegte sich die Unsicherheit, ob denn Musik dem Kinde zur richtigen Gemütsbildung, dem geistigen Genuss oder nur zur Unterhaltung diene. Sie wusste, man solle die Jünglinge nicht des Spieles halber erziehen. Es stehe außer Zweifel, wie nachzulesen war, beim Lernen spielt man nicht. Lernen tut weh. Jedenfalls befand sie, es sei genug des Musizierens. Mit dieser Haltung, muss man zugeben, klang auch ihre bislang unbekannte moderne Seite an, obgleich sie in Erziehungsfragen durchaus aristotelisch fortfuhr. Sie machte sich Gedanken, um nicht zu sagen Sorgen, um eine ernsthafte

Beschäftigung. Schließlich waren die Rufe nach dem Philosophenkönig – bei aller Skepsis – noch längst nicht verstummt. Da bestanden noch Versprechen, die einzulösen waren. Niemand wollte und konnte sich den Glauben an ihren Sohn rational erklären, es kamen wohl zu viele Komponenten zusammen, doch letztendlich hoffte Ikea flehentlich, dass etwas Wahres daran sei und kam mit zunehmender Gewissheit zu der Auffassung, dass es in ihrem Däumling nun einmal angelegt sei, das Zeug zu haben, irgendwann zum ersten Mann im Staate werden zu können. Und da es uns Menschen selten vergönnt ist, auf den höchsten Höhen unserer Bestimmung zu wandeln und wir oft nach Erholung ausschauen und zum Spiele greifen, nicht zu höheren Zwecken, sondern zum bloßen Vergnügen, so mag es ihm immerhin nützlich sein, wie sie meinte, seine Erholung in jenen unschuldigen Freuden der Musik zu suchen, was dem Philosophenkönig fortan gewährt sein sollte, ihm aber nicht genug sein wollte. Er fragte sich indessen, ob nicht dieser Vorzug bloß nebensächlich ist und Musik nicht ihrer Natur nach zu hoch steht, um auf diesen Nutzen beschränkt zu werden, und ob man vielmehr nicht bloß jenen Genuss aus ihr schöpfen soll, den jedermann erfährt – denn sie bringt naturgemäßen und naturnotwendigen Genuss und darum wird sie auch von allen Altern und Charakteren so gern gepflegt –, sondern zuzusehen habe, ob sie nicht auch den Charakter und die Seele beeinflusse. Weiter darüber zu reflektieren schien ihm zu jenem Zeitpunkt zu anstrengend.[6] Er zog es vor, über jenen Gedanken friedvoll grübelnd einzuschlafen.

---

[6] Der interessierte Leser möge doch einfach seinen Aristoteles zur Hand nehmen und in der *Politik*, Achtes Buch das 5. Kapitel nachschlagen.

7. KAPITEL

Von der Liebe zu den Zahlen und einem bilateralen Erwachen

Das organisierte Erwachen des kleinen Königs wurde begleitet von einem unüberschaubar anwachsenden Stab von Mitarbeitern am Königshofe. Das eigentliche Erwachen des Ich, ein tieferes inneres Erlebnis, welches das Kind zum höheren Menschen, zum Glied der ihm angehörigen Kultur machte, war bislang jedoch ausgeblieben. Bislang! Die Tage schienen unter der Organisationshoheit der Mutter nur so dahinzuschwinden, ohne jeden erkennbaren Effekt, geprägt von aufgeregt geschäftigem Gebaren der Hebamme, des Kindermädchens, des Geistlichen, eines Haus- und Hof-Psychiaters, diverser Ärzte und Doktoren verschiedenster Sparten und des gewichsten Pressesprechers. Von all den selbsternannten Experten wurde er rund um die Uhr, gemäß einem gestrengen Terminkalender, abwechselnd belästigt oder mit Sophistereien gehänselt. Als besondere Ausnahme zu erwähnen ist das beflissene und gleichermaßen sanftmütige Geschöpf Marie, welches als persönliches Hausmädchen des Philosophenkönigs angestellt, ihm niemals Kummer bereitete und von dem er sich zu keiner Zeit gestört fühlte. Sie war ihm Balsam auf seiner geschundenen Seele. Ihr war es erlaubt zu kommen, wann immer es ihr beliebte, wovon sie einfühlsam und keinesfalls respektlos Gebrauch machte, da auch sie pure Freude empfand an ihrer Aufgabe, da sie beobachten konnte, dass ausnahmslos jede ihrer Taten das Wohlwollen des Philosophenkönigs ihr gegenüber steigerte. Marie weckte morgendlich zum gewünschten Zeitpunkt, wiegte mit lieben Bettgeschichten in den Schlaf und kümmerte sich dazwischen um jedes nur denkbare Verlangen, das sich in dem berühmten Spross regte. Das Ereignis jener Kindheitstage aber, war das täglich von ihr, sofort nach dem Erwachen, servierte Frühstücksbuffet, welches aus mehreren Kannen Kakao, sieben bis vierzehn weichen Eiern, je einem Topf Honig, roter und gelber Marmelade, einem Fass Butter und Körben von Brötchen und Broten aller Sorten bestand. Der Philosophenkönig ließ jeden Tag mehr anrichten und bestellte nicht selten auch noch nach. Es kursierte die Meinung, dass er dies nur tue, um Marie möglichst oft einen Grund zu geben, in seiner Nähe zu sein. Er genoss es unverhohlen, von ihr umsorgt zu werden und sie in seiner Nähe zu haben, was, wie er spürte, auch Marie nicht unangenehm zu sein schien. So erlaubte er sich dann und wann, Marie zum Frühstücken einzuladen. Er kehrte dann den Spieß um und verstand es sehr gut, sie zu verwöhnen, ihr die Brötchenhälften zu bestreichen, die Getränke zu reichen und den Honig aus den Mundwinkeln zu wischen. Selbstredend war es seine Mutter, die bald beabsichtigte dieser Angewohnheit ein Ende zu setzen. Ihre Befürchtungen beruhten auf dem Gedanken, dass des Philosophenkönigs Ausbildung darunter leiden würde, wenn seine Zeit mit Angenehmem über die Maßen angefüllt sei. Sie versuchte mehrmals mit ihm darüber ins Gespräch zu kommen, doch der kleine König boykottierte jeden Versuch, das Frühstücken zu thematisieren. Ikea sprengte kurzerhand eines Morgens eine jener harmonischen Verköstigungen und drohte, ihn in ein Internat zu stecken, wenn er zukünftig nicht zu gebotener Zeit begänne seine Unterrichtsstunden wahrzunehmen. „Eure Sorgen sind vollkommen unbegründet, liebste Mama", beschwichtigte er seine Mutter, „mit meinen Studien beginne ich täglich noch vor der Dämmerung. Ihr bekommt es nur nicht mit! Auch heute habe ich längst begonnen, wie ihr sehen, aber nicht verstehen könnt! Glaubt Ihr mein Erwachen wäre vergleichbar mit dem eines normalen Pennälers. Was denkt Ihr von einem Philosophenkönig, Mutter? Glaubt Ihr, ich wollte nur mit Marie hier meine Spiele treiben, dann täuscht ihr Euch gewaltig!", wies er zunehmend echauffierter seine Mutter zurecht. Es sei nun mal reine Mathematik, die er hier seit dem Morgengrauen betreibe. „Riecht ihr den Duft von Honig und Milch? Seht ihr das Dampfen des Kakaos und des Tees, die Wohlgerüche aus den Kannen und Töpfen? Entgehen Euch womöglich die sinnlichen Reize des Butterschmelzes oder des Honigs Geschmeidigkeit? Könnt ihr die Segnungen des Orients nicht erahnen, die Bahnen der Gestirne nicht leuchten sehen? Meine Beschäftigung widmet sich den *befreundeten* und den *geselligen* Zahlen. Meine geistigen Anstrengungen konzentrieren sich auf das unbewiesene Problem sich im Unendlichen schneidender Parallelen. Habt ihr die Brötchen gezählt, die ich heute bereits verschlang? Sechsundzwanzig! Keinesfalls ein Zufall, die einzige Zahl im Universum zwischen einer Quadratzahl und einer Kubikzahl! Nur zwei Brötchen mehr, und ich wäre bei einer vollkommenen Zahl angelangt! Welcher Löffel versinkt tiefer im Zucker, der goldene oder der silberne, wie viele Scheiben kann man aus einem einzigen Spanferkel schneiden, wie viele Tropfen Kondensat bilden sich am Deckel dieser Saftkaraffe, welche Symmetriegesetzte verbergen sich hinter der Frisur von Marie? Welches ist die kleinste Anzahl von Gewichten, mit denen jedes ganzzahlige Gewicht von 1 bis 40 Kilogramm auf einer Waage gemessen werden kann? Habt ihr den Ansatz einer Ahnung? Reine Mathematik verbirgt sich dahinter, sage ich Euch. Hinter all dem findet sich eine funktionale Ordnung: Alles ist immer $f(x)$!

Das ist die Urgestalt aller Eindrücke. Mein Erwachen beginnt mit dem Frühstück, wie ihr seht, was ich nicht von jedermann zu behaupten wagte. Die Zahl stellt das Wesen aller sinnlich greifbaren Dinge dar, nicht wahr Marie? Die Zahlen, Mutter, muss man lieben lernen, dann erst liebt man die Dinge mit allen Sinnen. Marie wird es Euch bestätigen. Seht es Euch an dieses wunderbare Geschöpf. In diesem unscheinbaren Kopf wohnt der größte Geist, der in diesem von Berater- und Professoren-Dummköpfen überquellenden Hause zu finden ist. Hättet ihr das vermutet? Sie war es, die mich von der Algebra zur Analysis führte. Marie lehrte mich die Kurvendiskussion. Sie machte mich mit der Lösung von *Fermats letztem Satz* vertraut. Sie ist die reine Muse, die verhilft die Mathematik mir einzuverleiben, wie man sehen kann. Ich denke es wird Euch jetzt leichter fallen, fortan mehr Verständnis für mich aufzubringen. So lasst mich und Marie nun weiter frühstücken und seid unbesorgt, es wird nicht zu unserem Nachteil sein." Ikea stockte der Atem von so viel Selbstbewusstsein. Nie zuvor hatte sie ihren Sprössling so scharfsinnig argumentieren hören. „Und weil wir gerade dabei sind, Mutter", fügte der Philosophenkönig an, „bitte ich Euch herzlich, mich und auch Euch des parasitären Alleswissertums an unserem Hofe zu entledigen. Es wird uns obendrein viel Geld sparen!"

Von diesem ungewöhnlich harschen, aber Verständnis evozierenden Monolog tief erschüttert, verließ Ikea wortlos die Gemächer des kleinen Königs und ließ sich kommentarlos dazu hinreißen, umgehend seinem Wunsch zu entsprechen. Sie setzte noch am selben Vormittag Berater und Experten allesamt vor die Tür – bis auf den Herrn Prälat, von ihm konnte sie sich einfach nicht trennen. Selbstverständlich blieb auch Marie weiterhin in den Diensten der Königsfamilie. Das alles vollbrachte Ikea wie ferngesteuert. Sie fühlte sich, wie in Trance, jedoch das sichere Gefühl verspürend, dass auch sie selbst bald daraus gestärkt hervorgehen würde. Es hatte ihrem Tatendrang unerwartet den Boden entzogen, als ihr mit dieser Rede zur Kenntnis kam, dass ihr Sohn tatsächlich erwacht war. Er hatte sein eigenes Zahlen- und Sprachverständnis entdeckt, und er gab sich mit nichts weniger, als der reinen Mathematik zufrieden. Sie musste jetzt akzeptieren, dass er eigene Interessen verfolgte und sie als Mutter nichts tun konnte, als wortlos ihm zu gehorchen. Wenn sie auch getreuen Herzens dies so beabsichtigte, weil sie es sogleich auch wieder für das Weitere als ihre Pflicht empfand, so wollte und konnte sie so schnell nicht loslassen.

8. KAPITEL

Vom Beschluss und dem Versuch eine alte Tradition aufleben zu lassen

Vom Erwachen ihres Sohnes überrascht und überwältigt, schoss der besorgten Mutter ein ihr selbst unerklärlicher Gedanke in den Kopf. Sie verspürte plötzlich den Drang, des Philosophenkönigs Taufe in die Wege zu leiten. Das gestaltete sich nicht so einfach, wie man sich das denken mag und wie man es aus alten Berichten noch zu wissen glaubt. Das Taufritual wurde zu jener Zeit kaum noch praktiziert, geschweige denn im großen Stil zelebriert und das lag nicht nur daran, dass es kaum Neugeborene gab. Zum Glück studierte der Herr Prälat noch in der Kammer unter dem Dach vor sich hin und stand parat für den Fall, man käme in prekären, weltlichen Situationen nicht ganz ohne Gottes Beistand zurecht.

Es lag in seiner Natur immer und für alle Ideen der Hausherrin ein aufgeregtes Interesse an den Tag zu legen. Beflissenheit und Treue waren seine Haupttugenden. Für Ikea stand fest, dass eine göttliche Segnung und Reinigung dem Leben des Kleinen nur zuträglich sein konnte, wogegen der Prälat nichts einzuwenden wusste. Sie suchte ihn also in seiner Dachkammer auf, um in Erfahrung zu bringen, ob er über Zugang zu einem Gotteshaus verfügte, da man doch die meisten der Kirchen längst außer Betrieb genommen hatte. Nicht selten waren sie verkauft oder anderweitigen Nutzungen zugeführt worden. Die Mehrzahl der göttlichen Versammlungsstätten war schlicht baufällig geworden und vom Einsturz bedroht und zierten Dörfer und Städte in Form von Ruinen. Der Prälat, sichtlich überrascht über den eigenwilligen Wunsch Ikeas, warnte: „Weißt Du mein Kind, dass Du da geradezu mit Traditionen brichst?", fragte er die Bittstellerin. „Die Menschen vertrauen seit allzu geraumer Zeit nur mehr ihrem eigenen Geschick."

„Die Menschen sollten sich besinnen, Herr Prälat", entgegnete Ikea.

„Ein frommer Wunsch mein Kind. Ich entnehme Deinen Worten, dass Du Dir Deiner Verantwortung als Mutter des Philosophenkönigs bewusst bist, und ich unterstütze diesen wachen Gedanken außerordentlich gern, mit dem Akt der Taufe, dem Geschehen ein Zeichen hinzufügen zu wollen. Aber, frage ich Dich dennoch, ist es Dir mehr als nur dieses Zeichen? Die Menschen haben sich mit dem Gedanken angefreundet und halten es mittlerweile für erwiesen, dass Menschen ohne die Schuld der Erbsünde zu dieser Welt kommen. Und Du weißt, wie hoch sie den Beweis schätzen. Jeder Mensch sei frei von Schuld, sagen sie, das ist gefährlich. Bist Du etwa wirklich noch des alten Glaubens? Willst Du wirklich gewillt den Brauch der Taufe aufleben lassen?" Ikea antwortete ihm, in der Taufe läge ihre Hoffnung, dass dem Kind ein Gott beiseite stehe, der es durch diese triste Welt führen und zu einem guten Menschen machen könne. Darüber hinaus hoffe sie, dies könne auch nützlich sein für die Welt, die doch so im Argen läge und schließlich mit ihm, ihrem Sohn, rechne!

9. KAPITEL

Wie sich die Wissenschaft der unerklärlichen Geburt annahm und die Sehnsucht nach dem Vater in Erklärungsversuchen erstickte

Während Ikea darum bemüht war ihren Sprössling der Öffentlichkeit vorzuenthalten und ihm die Möglichkeit einer intensiven und umfassenden Bildung bot, beschäftigten sich unterdessen die Intellektuellen des Landes mit der Frage, was den Philosophenkönig eigentlich als König auszeichnete. Dabei versuchten sie vor allem den Zeitpunkt zu bestimmen, da er König wurde. Weder seine Mutter Ikea noch sein Vater Idem waren von königlichem Geblüt, wie man in Erfahrung gebracht hatte. Die Vererbungslehre bot keine Erklärungsmodelle für eine Auszeichnung zum Philosophenkönig. Seitdem es keine institutionell geregelte Fortpflanzung mehr gab und selbst Eheschließungen einem freien Genpool nicht mehr im Wege standen, hielten es einige für nicht mehr als stochastische Fügung, dass just in diesem historischen Moment ein Philosophenkönig zu dieser Welt gekommen sei, oder eben dieser historische Moment just durch die Geburt eines ganz gewöhnlichen Mickrigs in die Welt gekommen sei.

Das Ereignis zeitigte unterschiedlichste Folgen. Für die Genindustrie zeichnete sich ein herber Rückschlag ab. Durch die Welt der Wissenschaftler ging ein Aufschrei. Koryphäen der künstlichen Befruchtung, wie der berühmte Dr. Antiniori, der emeritierte Dr. Briggs und wie sie alle hießen, oder auch die Forschungsgesellschaft für weiterführendes Leben waren erschüttert darüber, dass durch natürliche Befruchtung ein Übermensch gezeugt worden sein soll. Die Entzifferung des menschlichen Erbgutes wurde schließlich seit Beginn des Jahrhunderts als die ultimative Hoffnung eines jeden einigermaßen vernünftigen nach Macht und Erfolg strebenden Menschen verkauft. Der Schock in Forschung und Wissenschaft saß tief, während das Wirtschaftssystem für die Verarbeitung der Nachricht von der Geburt des Philosophenkönigs nur annähernd zwei Stunden benötigte, bis die verursachte Weltwirtschaftskrise wieder behoben war und die Börsenkurse sich stabilisiert hatten. Die spekulativsten Geister profitierten letztendlich an den zurückkehrenden Aktienkursen und ihren anschließenden Höhenflügen.

Führende Wissenschaftler drängten darauf regelmäßig Speichelproben und Neuro-Scans vom Philosophenkönig zu erhalten, um ihre Forschungsreihen erweitern zu können. Eine Genanalyse allein wollte keine befriedigende Einsicht erbringen, was denn so außergewöhnlich am Philosophenkönig sei. War der kleine Däumling bereits im Bauch seiner Mutter ein ausgezeichnetes Kind? Und wenn ja, wodurch ausgezeichnet? Und konnte überhaupt von einem Menschenkind die Rede sein? Für die Philosophie änderte sich durch die Geburt an sich kaum etwas, es blieben weiterhin sämtliche bekannten Fragen offen und unbekannte Fragen wusste niemand zu stellen. Mehr noch, die Fragen begannen sich mit einem Mal von selbst zu vermehren wie die Feldmäuse. Sie türmten sich zu einem Wall von Unwissenheit und verklärten sich anschließend zu einem dämonischen Vorhang von Ungereimtheiten, dass sich schlagartig die Zukunft verschleierte, als trübten von einer Sekunde auf die andere, ausfällende Ionen eine chemische Lösung. Aus diesem nicht mehr zu steuernden Prozess entwickelte sich eine mythisch-schicksalhafte Mixtur, die sich allein an der Menschwerdung eines unscheinbaren Zellhaufens zu entzünden drohte, allerdings vollkommen unbeeinflusst von der Zunft der Philosophen.

Ikea wusste dem Rummel nicht anders zu begegnen, als ihren Philosophenkönig in einer Privatschule zu verwahren, – deren einziger Schüler er sein sollte. Während draußen die Erklärungsversuche tobten, war der Philosophenkönig dort ziemlich allein sich und seinen eigenen metaphysischen Spekulationen überlassen. In jenen nicht enden wollenden Tagen begann er sich zu fragen, womit er das alles verdient habe. Er dampfte es schließlich auf die Frage ein, ob denn dies gerecht, beziehungsweise, was Gerechtigkeit an sich sei. „Vater, wo bist Du hin?", brach es eines Nachts unkontrolliert aus ihm heraus und er seufzte dies in der folgenden Zeit noch ungezählte Male, gedankenverloren in den bestirnten Himmel über ihm. In diesen Momenten wurde er sich der bitteren Wahrheit bewusst, dass er das einzige Kind seiner Zeit war. Es gab im ganzen Land nicht einen einzigen Spielkameraden im gleichen Alter. Offensichtlich wollte man diesen Zustand mit der späten Geburt erklären und es mit der Gebärproblematik begründen. Es war erstaunlich, wie ein so fortschrittliches Land das Leid seiner Mütter hinnehmen musste. Es war unerträglich zu sehen, wie sie ihre Bäuche vor sich her schleppten. Der Philosophenkönig sah, wie mit Röntgenaugen, darin all die Spielkameraden, die ihm fehlten und für immer verwehrt bleiben würden. Er war fest entschlossen, etwas dagegen zu tun und brach im nächsten Moment ebenso rat- wie mutlos in sich zusammen. Was er mit Verwunderung feststellte, war, dass die Mütter zwar die Last ihrer Bäuche vor sich her zu tragen hatten, dennoch von einem kalten, wenn auch latent zufriedenen Gesichtsausdruck geprägt waren. Vor allem konnte er sich nicht des Eindrucks erwehren, dass die Väter unter dem Zustand noch mehr litten, ohne dass irgendjemand davon Notiz nehmen wollte. Sie erschienen ihm ernsthaft gezeichnet von chronischer Gesichtslähmung, welche zweifellos von inneren Schmerzen herrühren musste. Zunehmend wurde ihm klarer, die Väter hatten Tantalusqualen zu ertragen, angesichts der dicken Bäuche ihrer Frauen. Ihre gebrochenen Herzen zeugten von dem Dilemma, dass sie seit Generationen zwar Kinder zeugten, aber jeglichen Kontakt zu ihrem Nachwuchs verloren hatten, da dieser nie das Licht der Welt erblickte, während die Mütter ihre Brut wenigsten unter dem Herzen trugen. Während man alle Anstrengungen darauf konzentriert hatte, dem Schwangerschaftsleiden ein Ende zu bereiten, hatte man versäumt sich um die psychischen Nebenwirkungen des Phänomens zu kümmern, welche unerwartet die fruchtbaren Männer abarbeiteten. Die Gesichter des Grams widerten den Philosophenkönig an. Er hatte zwar kaum Kontakt zu zeugungsfähigen Männern, aber wenn er wählen konnte – und sei es nur in der Wahl seiner Lehrer –, bevorzugte er instinktiv den Umgang mit Junggesellen. Männer, die noch nie gezeugt hatten, verfügten über unbefangene Gesichtsmimik, die ihn spontan sympathisch umgarnte. Das Leiden musste ein Ende haben. Nicht umsonst lastete die Hoffnung der Bevölkerung schwer auf ihm. Ihm war es geglückt dem Mutterleib zu entkommen, auch wenn das in seinen Augen allein seiner geringen Körpergröße geschuldet sein mochte. Der Entschluss reifte von Nacht zu Nacht, von Tag zu Tag, solange er in der Isolationshaft seiner Mutter verbrachte. Doch nun zeichnete sich am Horizont jenes Ereignis ab, welches seine Mutter seit Wochen in Aktivität und ihn in Schrecken versetzte. Jede seiner nächtlichen Sternenreisen endete daher bei der einen Frage, wie er das verhindern könne? Ihm war es schließlich gegönnt gewesen zu dieser Welt zu kommen, wie es im Bereich des Menschenmöglichen lag, unbedacht gezeugt, unbemerkt gereift, unverhofft geboren. Dahinter sollte eine Taufe ihn, den Philosophenkönig, nicht zurückwerfen!

10. Kapitel

Wie ein schicksalhaftes Versäumnis sich dem reibungslosen Verlauf der Taufe entgegenstellte

Wochen, vielleicht auch Monate, während derer der kleine Philosophenkönig in seiner ganz privaten Schule dahinschmachtete, dauerte die Suche nach einem geeigneten Gotteshaus. Unmittelbar anschließend an einen der heftigsten Wortwechsel, in dem der Nachwuchs noch einmal seiner Mutter seine Gründe darlegte, weshalb dieses Bad an ihm vorüber gehen solle, verließen Ikea und der Prälat den Palast, um die Sache endlich über die Bühne zu bringen. Sie suchten umgehend die leerstehende Kirche auf, welche dem Herrn Prälat einst zu seiner aktiven Zeit als Wirkungsstätte gedient hatte. Sie sollte es nun sein, ein besserer Ort war nicht zu finden. Sie mussten sich den Weg durch alte, sperrige und verkeilte Möbel bahnen, die in dem ungenutzten Kirchenraum gelagert wurden. Mit etwas Glück und Erfahrung fanden die beiden nach kurzer Suche das Taufbecken. Ein Relikt zwar – eingepfercht von unbrauchbaren Gerümpel, das vergeblich darauf wartete entsorgt zu werden –, doch als sie es von Möbelstücken und Werkzeugteilen befreit hatten, schien der Stein zu funkeln, wie in seiner ersten Stunde, als freue er sich wiederentdeckt worden zu sein. Es war kalt in der Kirche und das Wasser in dem bis zum Rand gefüllten Taufbecken war gefroren. Der Prälat zerschlug, ohne zu zögern, mit einem Schürhaken, der ihm unversehens in die Hände fiel, das Eis. Ihm war noch immer nicht wohl zumute, und er wollte Ikea ein letztes Mal auf die Probe stellen. Gleichzeitig sagte ihm sein Unbehagen, man möge auch möglichst schnell wieder aus dieser ungastlichen Umgebung verschwinden, so sprach er rasch: „Lass uns beginnen, wir machen es jetzt sofort, hole deinen Sohn – heimlich." Ikea war entsetzt. „Herr Prälat, ich werde ein großes Fest ausrichten und die Kirche werde ich schmücken lassen. Eine Restaurierung zuvor, wird auch unumgänglich sein. Bis dahin werden Sie, Herr Prälat, sich eine wohlige Predigt ausdenken. Wir werden den Philosophenkönig selbstverständlich vor aller Augen taufen, die Welt will schließlich zusehen!" Bar jeder Widerspruchkraft, angesichts der mütterlichen Entschlossenheit, fügte der Herr Prälat nur ein, „So sei es!", hinzu, woraufhin Ikea ihn in dem verunstalteten Kirchenwrack stehen ließ.

Die Vorbereitungen für die Taufe des Philosophenkönigs nahmen weitere Wochen und Monate in Anspruch, und Ikea wurde vor allem durch die unverhohlen von Skepsis geprägten Fragen des Täuflings von ihrer

Arbeit abgehalten. Es bereitete ihr schwere Sorge, dass ihr Sohn so misstrauisch gegen das Taufritual eingestellt war. Endlich war der Prälat vorbereitet und das Gotteshaus hatte die Renovierungsarbeiten überstanden. Die Menge war versammelt und die Kirche von einer unüberschaubaren Masse an Schaulustigen umstellt. Man konnte endlich zur Tat schreiten. Wie es das Zeremoniell verlangte, übergab Ikea in rituellen Gesten ihren Sohn an den Geistlichen. Dieser setzte den kleinen Philosophenkönig in den zu neuem Leben erweckten Taufstein und überschüttete den nackten Körper mit klarem Wasser, das er aus dem Becken schöpfte. Dabei sprach er sermonisch die Worte: „Wir taufen Dich im Namen der Macht, des Rechtes und der Wahrheit, auf den Namen ..." Er stockte: Der Name! Welcher Name? Als das Kind sich der Bedeutung dieser Frage bewusst wurde, überkam ihn eine schlimme Ahnung. Noch ehe sich die Ratlosigkeit der Protagonisten zu einer Peinlichkeit auswachsen konnte, fühlte er seinen Hals anschwellen und reichlich Blut in den Kopf schießen. „Welchen Namen, liebe Mutter?" fragte der Prälat halblaut noch einmal nach. Diesen Moment der Unaufmerksamkeit nutzend, sprang der nackte Täufling dem Geistlichen von der Hand. Von oben bis unten puterrot angelaufen, ergriff er in ungewohnt gemäßigtem und für seine Verhältnisse sehr beherrschtem Ton das Wort, um es an die erwartungsvolle Meute zu richten: „Sowenig ich *das Gesetz, wonach ich angetreten, kenne,* kam mir doch soeben schlagartig eine unbeschreibliche Vorahnung, die mich zu reichlich vielen Fragen drängt, die ich an Euch, die ihr hier und heute zusammengekommen seid, richten möchte: Wer gibt euch diese sagenhafte Gewissheit? Wer gibt Euch das unumstößliche Recht, zu richten über das Gute, wie das Böse? Wer hat euch den Hochmut zukommen lassen, das Schöne vom Hässlichen zu scheiden?" Er holte tief Luft und währenddessen bemächtigte sich eine brennende Ruhe der Versammlung. Nie hatte er zuvor die Macht der Stille so zu empfinden vermocht. „Hört, was ich Euch sage", fuhr er noch leiser und unsicher fort, „Das Gute werdet ihr erkennen an der Unsicherheit. Das Wahre werdet ihr erkennen an der Ungewissheit. Das Edle werdet ihr erkennen an der Unscheinbarkeit. Und das alles ist nun ... genug der Rede! Geht fort und lasst auch mich endlich in Ruhe zu meinem Frühstück zurückkehren", forderte er die Menge auf und beschloss so in ungewohntem Tonfall seine zur Moralpredigt entglittene Verteidigungsrede, die der Predigt des Kirchenmannes in nichts nachgestanden hätte, hätte dieser noch die Gelegenheit erhalten sie zu halten. Dem Gesicht des Prälaten schien Erleichterung aufgeschrieben. Ihm war mit einem Mal wohl zu Mute, dass ihm sein Amt abgenommen worden war. Eben noch im Begriff mit versonnenem Lächeln ein *Amen* dahinter zu setzen, war ihm mit einem Schlag auf den Hinterkopf, den ihm eine zorneswütige Ikea mit dem Schürhaken verabreichte, seine Stimmung sogleich abhanden gekommen. „Halte ihn, Du Idiot!" schrie sie ihn an, während er mit dem Kinn auf den Rand des Taufbeckens aufschlug, wovon gleichzeitig auf der anderen Seite der kleine Nackedei pudelnass hinabsprang und mit Händen sein Geschlecht notdürftig bedeckend durch die johlende und applaudierende Menge zum Kirchenportal hoppelte. Am Ausgang blieb er kurz stehen, um innezuhalten. Er fragte sich sehr ernsthaft, warum ihm eigentlich nie jemand zuhörte. Die andächtige Stille hatte sich längst in kriegerisches Geschrei entladen. Die Menge johlte und tobte, grölte ihm ein tausendfaches Gloria entgegen. Keiner war sich zu diesem Moment überhaupt sicher, ob denn das Ritual vollzogen worden war, oder nicht? Man nahm den Anlass, die seltene Spontaneität der Situation und die willkommene Aufheiterung eines augenscheinlich großen Ereignisses und wollte sich der lindernden Abwechslung keinesfalls verweigern. Im Gegenteil, man versuchte sie zu steigern, soweit nur erdenklich. Strahlende Menschen verfolgten den flüchtenden Philosophenkönig, aufgehellte Geister skandierten Hymnen und Lobpreisungen in den aufreißenden Himmel, bis es dem Philosophenkönig endlich gelang, sich durch einen unscheinbaren Türspalt den Blicken der Meute zu entziehen und er entwischte. Anschließend lag sich das Volk noch tagelang bei Wein und Festbankett – auf Ikeas Kosten, versteht sich – in den Armen und sang in einem fort die *Moritat von des Philosophenkönigs Taufe*. Die immer mit der offenen Frage endete: „Getauft nun, oder nicht getauft?"

Von den anschließenden Unstimmigkeiten im Königshause sollte im Weiteren niemand etwas mitbekommen, weshalb auch wir diesen Szenen nicht unaufgefordert weiter nachgehen wollen. Stark unterkühlt jedenfalls, so viel wissen wir, gelangte der Philosophenkönig an diesem Vormittag seiner vermeintlichen Taufe zum reichlich gedeckten Frühstückstisch seiner geliebten Marie zurück, die nicht zur Taufe geladen worden war und den fröstelnden Täufling bereits sehnsüchtig erwartete und in trockene Tücher bettete. Wie aus ihrem Munde noch oftmals zu erfahren gewesen sein soll, habe er an jenem Tag erstmals das Frühstück bis in die Abendstunden ausgedehnt, wobei er sich entgegen seiner Gewohnheit auch Alkohol in Form von Gerstensaft zugeführt haben soll. Man sprach noch lange davon, er solle sich am Tage seiner misslungenen Taufe mindestens zweiundzwanzig Krüge Bier und dazu eine passende dreistellige Zahl von Brühwürsten einverleibt haben.

11. KAPITEL

Als der Philosophenkönig sich angesichts seiner Abstammung seiner Winzigkeit bewusst werden musste und nebenbei einen Weinkeller erbte

Er war gerade vier Jahre alt geworden, als seine Mutter ihm die traurige Nachricht vom Tode eines Großonkels mitteilte. Kurioserweise war in Anwesenheit des Philosophenkönigs von einem solchen Großonkel noch niemals zuvor die Rede gewesen, weshalb er sofort seine Mutter zur Rede stellte. Sie offenbarte ihrem Sohn gezwungenermaßen einen bislang verschwiegenen Teil seiner Herkunft: „Meine Absicht war es, Dir, mein Sohn, zu einem günstigen Zeitpunkt von Deinem Großonkel zu berichten", beichtet Ikea, „weil es doch weder einfach zu verstehen, noch für ein empfindsames Gemüt leicht zu verkraften sei, von einem solchen Ahnen zu erfahren. Doch ich muss gestehen, ein solcher Zeitpunkt wollte sich bislang nicht einstellen und hätte sich auch wohl nie ergeben, so dass dies traurige Ereignis nun der Anlass sein soll. Verzeihe mir mein Sohn, ich weiß um deine Neugier deine Abstammung betreffend, doch ich hielt es, wie gesagt, für unverhältnismäßig risikoreich."

„Wie furchtbar muss mein Großonkel gewesen sein, dass man nicht einmal von ihm erzählen kann?"

„Weißt Du, es handelt sich um einen Verwandten von außergewöhnlicher Größe, und angesichts Deiner …"

„Winzigkeit", ergänzte der kleine König großmütig.

„Mein Sohn, Dein Großonkel ist einer der letzten Ohrgeborenen und Du ahnst nicht, was das bedeutet!" Der Philosophenkönig war beeindruckt, konnte sich noch nicht recht erklären, wovon die ernstzunehmende Besorgnis seiner Mutter ausging, aber das Gehörte klang aufregend. „Mein Sohn, er war ein Riese!" Sie starrten sich erschreckt und ratlos an und Ikea fuhr aufgeregt fort. „Ein wahrer Gigant. Einer jener, die noch mit einem Griff ganze Fürstentümer auf den Kopf zu stellen vermochten, die mit einem Daumen einen kompletten Stadtmarkt zerquetschen konnten, die auf einer Schulter eine vollzählige Stadtbibliothek von einer Stadt in die andere zu transportieren in der Lage waren, die auf ihrer flachen Hand ein ganzes Regiment und in der anderen die dazugehörigen Komparserie trockenen Fußes über den Atlantik übersetzen konnten, denen man zum Frühstück noch Rinderherden in den Schlund treiben musste, um sie bei Laune zu halten, verstehst Du? Ein wahrhafter Riese war dein Großonkel, auf dessen Schultern Du stehst, von dessen Blut ein letzter Tropfen – und es kann wahrlich nur ein Tropfen sein – auch in unseren Adern, in meinen und deinen fließt! Deshalb wusste ich nicht zusammenzubringen, was es mit Deiner Winzigkeit auf sich hat, und ob es Dich nicht maßlos deprimieren würde, wenn Du erfahren würdest, dass Deine Ahnen Giganten waren. Es müsste Dich doch um den Verstand bringen und zur Verzweiflung treiben, dachte ich und befürchtete, dass eine solche Ahnengalerie Dich unnötigerweise unter Druck setzen würde. Du musst meine Sorgen verstehen, Kleiner!" Nach einer kurzen Gedenkpause ob des erstaunlichen Befundes antwortete ihr Sohn: „Nun wird mir endlich klar, woher mein unstillbarer Appetit rührt. Das ist doch erfreulich! Nun lass nicht den Kopf hängen, Mutter! Lass uns diesen toten Giganten einfach besuchen, ich möchte ihn wenigstens einmal gesehen haben!"

Er schritt einige Male den aufgebahrten Riesen-Onkel in voller Länge ab, strich über die trockenen, baumlangen Finger, wenn er an ihnen vorüber kam und fühlte ansonsten nur seinen eigenen, mit einer ungeahnten Leere angefüllten Kopf. Der Philosophenkönig hatte nie zuvor einen Toten gesehen und erst recht keinen Riesen und beides zusammen brachte ihn heftig durcheinander. Als er zum wiederholten Male den leblosen Körper berührte, begriff er ihn schlagartig als leblosen Leichnam, als leere Hülle in einem unendlichen Raum, als ein Gewesenes in einer Unendlichkeit, als den letzten Riesen in einem gigantischen Nichts. So schwand er augenblicklich selbst dahin, reduziert auf ein Nahezu-Nichts. Vollständig atomisiert umkreiste er Mars, Jupiter und die Venus, glitt schließlich über die Ringe des Saturns hinweg, ohne Halt zu finden, und schleuderte weiter in die Milchstraße hinaus. Uranus, Neptun und der Winzling Pluto waren schon in Sicht. Die Sonnenstrahlen drangen nur mehr als dünne Stacheln bis zu ihm durch. Er kniff die Augen zusammen und bekam eine leibhaftige Ahnung von dem Ausmaß des Weltalls. Ja, ein Atom sei er wohl, doch es sei auch wieder zweierlei, ob Atom oder Riese. In der Unendlichkeit ist man nur allein. Auf dem Pluto hatte sich eine Delegation der größten Vertreter der Menschheit eingefunden, ihm im Vorbeifliegen Salut zu winken. Beinahe wäre er aus dem Sonnensystem verabschiedet worden. Er wischte sich feuchtheiße Tränen aus den Augen und sah verschwommen ein Riesengesicht, das sich ihm, wie ein Gebirge vor Augen schob. Er schnappte kurzentschlossen zu und griff in das übervolle Bücherregal hinter dem aufgebahrten Großonkel. Die Bücher purzelten allesamt vom

Bord direkt auf den Leichnam und bedeckten diesen, teils aufgeschlagen, teils verschlossen, wie zwei Hand voll Riesenpocken. Als der Philosophenkönig wieder Halt fand, starrte er in die entstandene Lücke im Regal. Dort, wo die Bücher gestanden hatten, verlor sich nun sein Blick im Hintergrund. Er glaubte im Dunkel Flaschen und Fässer zu erkennen. Das Weltall war angefüllt mit dunkelgrünen und braunen Flaschen, vollgestopft, wie ein Altglascontainer. Sein Blick klarte auf: ein Weinkeller, hinter Büchern versteckt, von dem bislang niemand außer seinem Großonkel gewusst haben konnte. Nachdem er den Zugang freigelegt hatte, eröffnete sich für den Philosophenkönig eine ungeahnte Welt. Er betrat ein Lager von unschätzbarem Wert, bestückt mit ungeahnten Köstlichkeiten erlesener Gewächse. Von wohliger Freude und Neugier gepackt, entkorkte und verköstigte er rasch siebzehn Flaschen dieses Nibelungenschatzes und legte sich danach befreiten Gemütes unter den offenen Hahn eines burgundischen Eichenfasses. Seine Mutter, die ihn während der Begehung des Großonkels aus den Augen verloren hatte, befiel zunehmend Sorge und befand sich schließlich in panischer Aufregung. Während sie eine großangelegte Suchaktion in die Wege leitete, fand ihr Sprössling an jenem Nachmittag in die Arme einer neuen Liebe. Zum Wein sollte er sich fortan hingezogen fühlen und dem Bier schwor er noch an Ort und Stelle ab. (Was er später wegen Unzurechnungsfähigkeit gegen sich selbst widerrufen sollte.)

Dem glücklichen Umstand der genetisch dispositionierten Gier in seiner Giganten-Familie war es zu danken, dass es den nachfolgend eintreffenden Angehörigen gelungen war, den Kleinen rechtzeitig aus seiner Rückenlage zu befreien. Allerdings nutzten ebendiese Verwandten seinen anschließenden Klinikaufenthalt dazu, ihn wegen Minderjährigkeit von seinem Erbteil befreien zu lassen, um sich so in aller Seelenruhe, rechtmäßig sämtliche Weinvorräte selbst einzuverleiben. Dem kleinen Philosophenkönig war daher von dieser, seiner ersten Entdeckungsreise, nichts als ein erkenntnistheoretischer Finderlohn geblieben, was ihn aber dennoch mit Stolz erfüllte.

12. KAPITEL

Wie im Schoße der wahren Liebe die Rettung der Welt auf sich warten lassen musste

Der Philosophenkönig war gestärkt und voller Unternehmungslust aus seinem letzten Abenteuer hervor gegangen. Stolz über seine Abstammung aus dem Gigantengeschlecht der Ohrgeborenen, stand für ihn fest, dass es seine Bestimmung sei, der Welt zur Besserung zu gereichen. Doch kam ihm und seinem jugendlichen Tatendrang überraschend seine erste Liebe dazwischen und mit ihr die unerwartete Verdopplung der Welt.

In jenen Tagen der Jugend nämlich entdeckte der kleine Philosophenkönig seine Umwelt. Hinter der Welt lugte sie plötzlich hervor und ihm wollte nicht klar werden, wie es so unverhofft zu solch unverschämter Geste kommen konnte; wie es so lange Zeit gebraucht haben konnte, bis ihm dies zum ersten Mal widerfahren sollte. Wie lange lag da verborgen, was doch offenbar sein hätte müssen? Kein Zweifel, die Umwelt musste immer schon dagewesen sein, nur er hatte sie in seine Naivität für die Welt gehalten. Er war sich in seiner Haltlosigkeit selbst so sehr gram über diese dunkle Zeit, dass er tagaus tagein mit sich haderte und dem Tabubruch nahe war, – seine Gigantenkraft missbrauchend – sich selbst mitten entzweizureißen. Ungebändigte Selbstmordgedanken bedrängten ihn und die neu aufgetauchte Umwelt nahm er sich vor, zu hassen und sie ob ihrer sträflich langen Verborgenheit zu verfluchen. Er drohte in sich selbst ein Massaker der Vernunft anzurichten. Gewaltphantasien, die sich gegen seine Beschränktheit richteten, beherrschten seinen Alltag. Da offenbarte sich mit einem Mal Rettung, denn ihm wurde einsichtig, dass die neue Entdeckung auch ein geeignetes Objekt potentieller Aggressionen sein könnte. Gegen die Umwelt, die sich ihm entzogen hatte, die ihn unglaubliche Weltbilder hatte evozieren lassen, die ihm heute nur noch lächerlich erscheinen konnten, wollte er vorgehen. Er verwüstete sein Kinderzimmer auf der Suche nach allem, was er bislang zu Papier gebracht hatte und zerriss sämtliche Aufzeichnungen seiner Erstphilosophie, wie er es nannte. Er verbrannte seine selbstgemachten Bücher, auf dass jedes seiner dummen Worte von Flammen aufgesogen werde. Dabei stachen sie ihm zwar ein letztes Mal ins Herz, doch dann sollte es vorbei sein und eine erleuchtete Zeit die dunkle endlich ablösen. Für immer wollte er die Dummheit seiner selbst vernichten, ohne auch nur zu ahnen, dass dieser Vorgang – einmal geschehen, sich noch zahlreiche Male im Leben ereignen musste.

Immer öfter gelang es ihm, in jenen Tagen dem Aufsichtspersonal seiner Mutter zu entkommen und er schloss sich sogenannten autonomen Gruppen an. Die Möglichkeit seinen Hass in sogenannten Protestkundgebungen auszuleben und zu kanalisieren, schien ihm ein adäquates Verhaltensmuster. Demonstrationen, wie sie in jener unheilvollen Zeit, der Ewigschwangeren an der Tagesordnung waren, nutzte er vorbehaltlos, um seine

Aggressionen, gegen die Demütigung seiner späten Entdeckung der Umwelt, abzubauen, indem er seine Fäuste reckte und nicht selten auch handgreiflich wurde. Es ging gemeinsam gegen die Umwelt, wie er glaubte und so befand er die Umweltaktivisten und Globalisierungsgegner als seine neue Heimat. Man mag vermuten, dass - sehr zur Sorge seiner Mutter - diese Entwicklung ein gar unrühmliches Ende hätte nehmen können, doch die Liebe hatte Mitleid. An einem sommerlich heißen Tag im Mai verirrte sich eine kleine, schwarzhaarige Französin in die Schusslinie eines Wasserwerfers. Sie war ihm während der Kundgebung nicht aufgefallen – sein ganzer Eifer galt doch dem Umweltgedanken – und so war er überrascht, als er bereits tags darauf im ersten weiblichem Schoß, ausgenommen dem seiner Mutter, erwachte, und alle weiteren Gedanken ihm nichts als Umwelt waren. Binoche war über ihn herein gebrochen, wie ein Wirbelsturm. Sie war ihm im Gerangel der Umweltaktivisten mit den Polizeikräften ins Auge gestochen und er ihr buchstäblich in die Hände gefallen. Der unerfahrene Geistessohn war für Binoche leichte Beute. Sie war kein unbeschriebenes Blatt und wusste über Männer weit mehr, als der kleine König über Frauen je wissen sollte. Welterfahren ließ sie ihm das Gefühl seiner ersten Eroberung und entnahm ihm dafür reichlich von seinen Körpersäften. Er verlor sich und seinen Kopf in ihr und sie kostete genussvoll von seinem Humor. Nichts drehte sich für den Philosophenkönig mehr wie vorher, die Welt war aus ihren Angeln entlassen und urplötzlich wieder mit der Umwelt eins geworden. Verschmolzen war, was zuvor zweifelsfrei geteilt erschien. War das mit der Umwelt vielleicht nur eine Phantasmagorie? Mit Binoche und ihrer Clique zog er in der Folge dieses Ereignisses wochenlang durch die Lande, immer auf der Spur der Umwelt, was ihm zunehmend rätselhaft vorkam, doch für ihn überwogen die Freuden die Fragen. Dabei trank er sich abwechselnd in den Grenzbereich der Bewusstlosigkeit oder ließ sich von seiner Binoche in den siebten Himmel fellationieren. Für ihn hätte das Leben an dieser Stelle gerne enden dürfen. Aber es endete nicht, es wollte nicht enden und es lag nicht in seiner Macht es einfach zu beschließen. Ein Leben hört auf, wann es will, da kann man nichts machen; da hilft auch kein Suizid.

Bislang war sehr viel von der Zeit die Rede. Und der Philosophenkönig musste zwangsläufig irgendwann resümieren, dass auch er ein Kind der seinen war. Er beobachtete sich, wie er in versifften Sofas herumlümmelte, sah sich auf verseuchten Matratzen durch den lieben, langen Tag vögeln. Niemand hatte es für nötig gehalten ihm einen Namen zu geben. Diese Zeit kannte offensichtlich keine Namen. Er war einfach da. Man betrachtete es als ausreichend seine Berufung für seinen Namen zu nehmen und Binoche fragte nicht nach Nebensächlichkeiten. „Namen sind Gefängnisse", pflegte sie kokett von sich zu geben. Der Philosophenkönig dachte neben seinen körperlichen Betätigungen viel über die Zukunft nach, aber es fand sich niemand, der mit ihm darüber reden wollte. Binoche gab sich nur genervt, wenn er wieder einmal davon anfing. Sie wollte nur seinen Körper, konnte nicht genug bekommen von seinen *umores*. „Die Zukunft, darf man nicht erwähnen", monierte sie, „weißt Du, es ist verboten, die Zukunft auch nur in den Mund zu nehmen. Sie ist Gift, die unsere Seele zersetzt. Lebe mit mir, Philosophenkönig! Lebe! Hier und jetzt!", ermahnte sie ihn. Es kam ihm nur zu bekannt vor, womit die kleine

Binoche glaubte, ihn fesseln zu können. Irgendwann stand er gelangweilt auf und ging. Er drehte sich nicht einmal mehr um. Was sollte es heißen ein Kind seiner Zeit zu sein? Musste man sich nicht fragen, was jeder einzelne ganz tief drin in seinem Herzen empfindet? Interessierte denn niemanden mehr aus welchen Elementen der einzelne zusammengesetzt war und *was aus diesen Elementen in jedem einzelnen Individuum gemäß seiner besonderen psychischen Organisation und gemäß seiner ursprünglichen, einzigartigen Zusammensetzung geworden ist?*

Wie hatte er in einem seiner Lieblingsbücher gelesen: *„Wo der eine aufgibt, rebelliert der andere; wo der eine weint, lacht der andere; und es kann immer auch noch jemanden geben, der zur gleichen Zeit weint und lacht."* Sein Lächeln wollte er nicht länger unterdrücken, auch wenn ihm die Tränen über die Wangen rollten. Binoche konnte beides nicht sehen. Binoche sollte eine Episode in seinem Leben bleiben, das wusste er in jenem Moment, aber keine unbedeutende, das war ihm auch klar. Er war wohl jetzt in den Status eines Erwachsenen katapultiert worden. Seine Mutter hatte jeden seiner Schritte bleischwer werden lassen, Binoche hatte ihn wie eine Gazelle über die Steppe spurten lassen, aber beide auf ihre Weise zeigten ihm ihren Horizont auf, sodass sich ihm nur ein möglicher nächster Schritt in seinem Leben stellte und er wollte ihn umgehend tun. Da ohnedies seit dem Tag der versuchten Taufe das Verhältnis zu seiner Mutter gestört war und er es ihr tatsächlich übel nahm, dass sie ihn in jene alten Bünde hineinzuziehen versucht hatte, so war er überzeugt, dass gerade dieser Tag es gewesen sei, der ihn unbewusst, wie auch nachhaltig entschlossen gemacht hatte, irgendwann seinen Vater zu suchen. Endlich sollte die Suche beginnen, noch bevor aus Verlegenheit tatsächlich jemand auf die Idee käme, ihm einen Namen zu verpassen. Um Peinlichkeiten zu vermeiden und unnötigen Schuldgefühlen vorzubeugen, schulterte er sein Säckchen und brach auf. So viel Proviant, als der zierliche Körper zu tragen vermochte, hatte er des nachts aus den mütterlichen Kellern zusammengerafft und wollte ihn sich gerade aufladen, um sich endgültig aus der absonderlichen Bemühtheit um seine Person zu verabschieden. Doch Marie ertappte ihn, als er aus dem Keller empor stieg. Wortlos und eine halbe Ewigkeit standen die beiden sich auf der Kellertreppe gegenüber und blickten sich hemmungslos tief in die Augen. Sollten sie reden oder schweigen?

Über dieser Frage steckengeblieben, trübt zu nächtlicher Sternenstunde allzu große Schläfrigkeit des Autors Sehkraft. Die Hand nun einmal ins Stocken geraten, beschließt dieser die Frage offen zu lassen, die er heute nicht zu entscheiden weiß und zieht es an dieser Stelle vor – es sei ihm noch einmal verziehen – seinem Körper Tribut zu zollen und für die nächsten Stunden die Federn zu vertauschen.

Nachtrag am darauffolgenden Morgen:

Ein zu einigermaßen Berühmtheit gelangter Franzose will von Binoche in Erfahrung gebracht haben, dass auf jener Schicksalsstiege in jener zwiespältigen Nacht der kleine König doch noch das Wort ergriffen habe und Marie folgendes hingeworfen haben soll:

„Wenn man Sie so sieht, empfindsame Schöne,
die Füße, im Schlamm und die Augen schmachtend
gen Himmel gedreht, als ob Sie ihn um einen König
bitten wollten, dann möchte man Sie fast

für eine junge Fröschin halten, die das Ideal anriefe.
Wenn Sie den winzigen Wicht verachten
(der ich jetzt bin, wie Sie sehr wohl wissen),
dann hüten Sie sich nur vor dem Kranich,
der sie aufknabbern und hinunterschlucken
und Ihnen mit Vergnügen den Garaus machen wird!"

Mit diesen obskuren Versen des falschen Gedichts, das nicht ein einziges vom Philosophenkönig selbst erdachtes Wort beinhaltet haben soll, habe er sich dann in jener Nacht aus der Schlinge gezogen, wie man berichtete, wofür sich der Autor an dieser Stelle verständlicherweise nicht verbürgen möchte, es aber nicht versäumen wollte es nachzutragen. Für immer unentschieden, muss wohl die Frage des Plagiats im Raume stehen bleiben, die jener französische Dandy als erster vorgebracht haben soll, der zufällig selbst jener gewesen sein will, dem diese Zeilen im Original aus der Feder gerutscht waren, was er nicht müde wurde gegenüber jedermann und jederfrau zu behaupten. Allen Authentizitätsstreitereien zum Trotz (Wer selbst frei sei von fremden Gedanken, der solle sich nun erdreisten einen Gedanken als erster gedacht haben zu wollen!) sei hier meinerseits angemerkt, dass es so oder so einer ungeheuren Geistesgegenwart bedurfte, in jener kippeligen Fluchtsituation in der Kraft der Lyrik einen Ausweg zu vermuten.

ENDE   Teil I

Ja, es war wohl die Zeit, und vor allem der Mangel an derselben, die den Autor mehrere Monate hinderte seine Aufzeichnungen fortzusetzen. Von Neuheiten gepiesackt, war es ihm nur schwerlich gelungen seinen Platz am Schreibpult einzunehmen. Zu seiner Entschuldigung, möchte er noch anführen, verlief das häusliche Leben in den letzten Wochen in einem turbulenten Auf und Ab. Als säße er in einer Achterbahngondel, konfrontiert mit Drehungen und Wendungen des Schicksals, hatte er manchen Kopfstand zu vollführen, und er konnte von Glück sagen, dass es ihn nicht aus dem Gleis geworfen hat. Eigentlich ist von Glück zu reden, dass die Geschichte überhaupt eine Fortsetzung fand. Man mag es für eines Autors schwerstes Los halten, dass er gezwungen ist seine Arbeit in einer Umwelt zu verrichten, die alles daran setzt seinen Vorstellungen Raum und Papier zu nehmen. Andererseits ist gerade diese Umwelt, sein einziges Glück, da sie ihm erst möglich macht, sein eigenes Hirngespinst aufzuspannen. Ungeachtet dessen hätte er zu so mancher Stunde große Lust empfunden, die beiden Bälger, die sich ausgerechnet unter seinem Tische ordentlich Prügel gaben, noch obendrein mit ein paar Fußtritten zu versehen. Ganz zu schweigen von den Empfindungen, die in ihm heraufdämmerten, wenn sich ihm die Stimme seiner Frau in die Quere stellte. Bei aller Berechtigung, die sie sicherlich auf ihrer Seite hatte und immer haben wird, sollte ein kluger Geist wissen, man muss nicht unbedingt allzeit darauf bestehen. Mit ein wenig Einfühlungsvermögen mehr, auf Seiten seiner Umwelt, wären dem Autor einige silberne Strähnen erspart geblieben, so aber nur dem Leser eine gehörige Menge Unsinn. Doch Rücksicht lässt sich nicht einfordern, ohne sie dadurch schon desavouiert zu haben. Es kann nicht gelingen, eine Störung in vorbeugender Ermahnung zu verhindern, als dass es selbst nicht schon eine Störung wäre, darüber nachzudenken. Ebenso lässt sie sich auch nicht im Nachhinein rückgängig machen. Eine Störung ist weder antizipatorisch, noch *post festum* in den Griff zu kriegen. Sie ist immer nur gegenwärtig und dann stört sie eben. Man kann sie nicht eliminieren. Könnte man dies, hätte sie nicht stattgefunden, und es bestünde überhaupt kein Bedarf sie zu eliminieren. Eine Störung stört, und wenn nichts stört, dann ist dies ein Glücksmoment, den man wiederum keinesfalls versuchen sollte zu erfassen, weil dies die Arbeit störte und im Handumdrehen wäre das Glück eine Störung. Wobei wir endgültig beim Dilemma angekommen sind, dass alles eine Störung sein kann, oder zu einer Störung umschlagen kann; es liegt ganz beim Gestörten! Genug nun! Der Autor will endlich sich auf seine eigentliche Arbeit konzentrieren:

TEIL II

SUCHE

13. Kapitel

In dem sich der Philosophenkönig auf den Weg machte
zu studieren und dabei erst einmal das Vergessen lernte

Wie wir wissen entschwand der kleine Philosophenkönig in jener legendären Nacht mittels der List des falschen Gedichts. Auf ungewöhnliche Weise entkam er gleichzeitig den schmachtenden Blicken seiner Marie, der mütterlichen Beobachtung, wie auch den besitzergreifenden Schenkeln seiner Binoche. Und wie er während seiner Wanderschaft mit der Zeit erkannte, sehnte er sich nur nach Marie, die er, wie ihm bewusst wurde, am ehesten noch geliebt hatte. Er trieb sich in übertriebener Hast an, um die Erinnerung hinter sich zu lassen. Sein schwerstes Gepäck trug er im Kopf bei sich. So manchen Stoßseufzer stieß er in die Nebel der Wälder und die Wolkenberge des Himmels. Er hatte sich entschlossen nach Paris zu gehen. Dort beabsichtigte er zu studieren, er wollte sich ablenken, mehr noch sich neu erfinden. Die Notwendigkeit Wissen über die Liebe, die Wahrheit und die Gerechtigkeit zusammen zu tragen, lag seiner Vorstellung von einem bewussten Leben zu Grunde. Lag bisher doch die Wahrheit für ihn in erster Linie im Wein, die Liebe im fleischigen Schoß seiner Binoche und den seltenen Zustand da beides zusammentraf empfand er als gerecht. Während seiner Absichtsüberlegungen verdrängte er zunehmend den eigentlichen Anstoß seines Aufbruchs, die Suche nach seinem Vater, die ihn trieb, der er sich jedoch nicht zu stellen wagte.

Bis Paris ist es noch ein weiter Weg. Wir, geneigter Leser, befinden uns gerade einmal hinter *Ribeauvillé*, einem von betörendem Duft umströmten Winzerort an der Weinstraße. Hätte in diesem Moment irgendjemand ihn beobachten können, hätte er gesehen, wie er, wie vom Blitz getroffen, hinter eine Hecke sprang, seinen Ergüssen freien Lauf zu lassen:

„Dieser Weg ist, wie unser Denken:
Unser Denken kennt kein Ende,
doch fleht es unerbittlich eins herbei.
Als wollte es den Tod nur auf sich lenken,
der einzig, diesen Wunsch vollkommnen kann.
Im Schauder dessen Anblicks dann,
ein jedes sich, in sein Gegenteil verwirft,
aus dem Ende schließlich, wird der Anfang,
dem dann ein Gott aus der Tasche schießt."

Diese Zeilen schossen wie ein innerer Drang in sein kleinformatiges, in schwarzes Leder eingeschlagenes Notizheft, das in den ersten Reisetagen zu seinem innigsten Vertrauten geworden war. Hier legte er nieder, was auch immer ihm in den Sinn kam und sei es noch so grober Unsinn. Deshalb riss es ihn von Zeit zu Zeit in die Büsche, in den Straßengraben, oder gar in ein Gasthaus am Wegesrand, wenn er sich geistige Erleichterung verschaffen wollte.

Frei und unbedacht überschritt er daraufhin die unscheinbare Grenze zwischen den Departements *Bas-Rhin* und *Haut-Rhin*. „Lag nicht hier das legendäre Burgunderreich?" In diesem vom Ackerbau strotzenden Gebiet floss seit jeher Milch und Honig und noch vieles mehr. Hier rühmt man sich im Besonderen der Produktion eintausendundvierundsiebzig verschiedener Sorten Käse, wie er wusste. Aber von Milch allein konnte man irgendwann nicht mehr leben. Zahlreiche Sonderkulturen wie Tabak, Hopfen und Obst kann man an den Hängen und in den Talsohlen fruchten sehen. Vor allem das Obst hatte es dem Philosophenkönig in dieser, vom Gott des Klimas begünstigten Region, angetan. Vorrangig den Rebsorten des Weinbaus – sieben verschiedene wurden hier angebaut – konnte er nicht widerstehen. Vom einzigen Roten, dem *Pinot Noir* hatte er fortan immer einen Schlauch im Gepäck. Er trank ihn allezeit gerne, doch zu Abend für gewöhnlich nichts anderes, bis ihn seine Lider von dieser Welt trennten. Die einfacheren Weißen, den *Pinot Blanc* und den *Sylvaner* trank er bei vormittäglichen Rasten und die anspruchsvolleren, *Pinot Gris, Gewürztraminer, Muscat* und *Riesling* nahm er gern zu deftigem Mittagessen, wie einer Quiche Lorraine oder einem gefüllten Saumagen. Das Land war zersiedelt, wie fast überall in Zentraleuropa zu dieser Zeit. Er kam neben Kellereien auch an Erdölraffinerien und Wurstfabriken vorbei und in zahlreichen Industriebetrieben konnte er den Bau von Maschinen und Fahrzeugen beobachten oder der Herstellung von Papier beiwohnen. Dieser Weg versprach ihn viel zu lehren und deckte ihn zudem reichlich mit Legenden ein. „Das Land war in seiner wechselhaften Geschichte nacheinander keltisch, römisch, alemannisch und fränkisch", wie ihm die feiste Wirtin ins Ohr säuselte, bei der er an diesem Abend Nachtlager beziehen wollte. Während sie ihm ein fettiges Mahl auftischte, bot sie unablässig von ihrem Geschichtswissen feil, anstatt ihm passend dazu saftige Anekdoten ihres eigenen sicherlich nicht harmlos vorüber gezogenen Teils ihres Lebens darzubieten. „Im Mittelalter zerfiel es in zahlreiche kleinste Territorien, bis es im 17. Jahrhundert nach und nach von den Franzmännern vereinnahmt wurde", erzählte sie, während sich der Philosophenkönig immer tiefer im Sauerkraut verlor und sich mit den Blutwürsten verhedderte und es ihr beinahe übel nahm, dass sie ihm die Schandtaten ihres Hurenlebens vorenthielt, worauf er immer mehr Appetit verspürte. Allerdings vergaß die redselige Frau nicht zügig vom guten Roten nachzuschenken, sodass der kleine König es sich gefallen ließ, dass die geschäftstüchtige Bäuerin ihn die Historie ihres Fleckens auseinandersetzte. „Nach 70/71 kamen wir zu Deutschland, nach dem Ersten Weltkrieg wieder zu Frankreich, und immer so fort." Sie setzte sich zu ihm und schenkte sich auch ein Glas ein. Mit den Worten „selbst gemacht" kippte sie es hinunter und schenkte nach. Sie sei gezwungen gewesen, diesen Schankraum auf ihrem Hof zu eröffnen, nachdem es mit der Milch nicht mehr so gelaufen war. „Sie hätten mir nicht einmal das Futter für meine Rindviecher bezahlen wollen", murrte sie. So sei man eben das, was man macht: „Mal Wirtin, mal Bäuerin oder Kellermeisterin", entfuhr es ihrem ausdünstendem Rachen, begleitet von einem unerwartet aufreizend glucksenden Lachen. Während des fortschreitenden Abends bedienten sich die beiden weiterhin reichlich vom Selbstgemachten, und der Philosophenkönig lauschte zunehmend gebannt und beinahe mit Hingebung seiner Wirtin, die sich sicher war, dass sie die Geschichte noch fest im Griff habe: „Während des Zweiten Weltkrieges waren wir von deutschen Truppen besetzt", gurrte sie vergnügt, „und heute schließlich – vom Fremdenverkehr. Womit man wohl endlich – nach dem vielen Hin und Her – eingesehen hat, dass es doch vollkommen Einerlei sei, wer einen besetzt", lachte sie, „Ist es nicht so?" – „So ist es!", bestätigte der Philosophenkönig zum ungezählten Male ihren Redefluss, und er würde es noch die liebe lange Nacht fortgesetzt haben, wenn er nicht kurz nach diesem Resümee in ihren kräftigen Armen gestrandet wäre. An diesem von Butterschmalz duftenden Busen ließ es sich vergessen, wie bislang auf seiner ganzen Reise nicht. Während der Kleine, dem Himmel nahe, sie ohne Unterlass liebkoste, fabulierte sich das kraftstrotzende und Säure ausdünstende Weib, bis spät in die Nacht, in ein beispielloses Historiengemälde, dass sie es sich ihrerseits schlussendlich gefallen ließ, als er sie nach oben trug. Dabei fand sie es äußerst angenehm, dass sie für ihren einzigen Gast in dieser Nacht nicht auch noch eigens ein Bett beziehen musste. Die Leintücher waren gespart – wenn auch nicht geschont – in jener Nacht, was ihm tags darauf, mit reichlich Rabatt und einem Schlauch Selbstgemachtem vergolten war.

14. KAPITEL

Wie die Einbringung in einen Bauernstreit unflätig beendet wurde, aber ganz nebenbei dem Philosophenkönig persönlich zum Nutzen gereichte

(Kaum wird es Winter …) …, die Nacht schmeckte ihm noch angenehmen im Abgang, als schon die Landstraße wieder unter seinen Füßen schmerzte. Es war ihm zu einer Wohltat geronnen, dass doch dieser Kontakt, wie ihm bewusst wurde, der erste zu einem Menschen war, der ihn weder als Philosophenkönig erkannt, noch ihn in irgendeiner Weise a priori als jemand Besonderen wahrgenommen hatte. In dieser Gaststube war ihm das vormals unbekannte Gefühl, lediglich ein Mensch zu sein, untergekommen. Ein Entgegenkommen, welches nicht nur von seiner Geburt absah, sondern das deren Kenntnis vollkommen zu entbehren schien. Welch seltsame Befreiung war in jener Nacht ständig zugegen und trug ihn wie auf Engelshänden schwerelos in die – eine andere – Welt. Der Philosophenkönig schlenderte seines Weges, stieß seinen Stock in Wattebäusche, die, entgegen jeder Vorstellung, zu tragen schienen und ihn der schmerzenden Füße entledigten. Er schien sich seiner Vergangenheit nicht nur räumlich zu entfernen.

Auf dem Weg von *Ribeauvillé* nach *Sélestat*, gerade als er die Weinstraße kurz nach *Chatenois* verlassen wollte, vernahm er die erregten Stimmen einiger Bauernjungen, die im Wegesgrün lagerten und sich einer äußerst temperamentvollen Unterhaltung hingaben. Der Weg nach Paris war noch weit und beflügelt von seinen Gedanken der Freiheit, fühlte er sich in der richtigen Stimmung, um an diesem kultivierten Flecken zwischen Rebstöcken und gepfropften Obstbäumen sich mit Genuss ersten Studien zur Gerechtigkeit hinzugeben. Er hielt an und als die Jungen abrupt in ihrem Streit innehielten und ihn fassungslos anstarrten, begann er vorsichtshalber zu allererst zu fragen, ob sie ihn nicht kennten. Die Burschen schüttelten stumm grinsend ihre Köpfe. Die erneute Bestätigung seiner Anonymität ließ ihn gesteigertes Zutrauen fassen und noch emphatischer aufsprechen: „Mich interessiert, was der Grund Eures Streitgesprächs ist!" Er wollte sich nur allzu gern einmischen, wo er doch von Natur aus versucht ist, jeder Wahrheit ans Lichte zu helfen. Bei jener Unterhaltung, die ihm zufällig zu Ohren gedrungen war, hat es sich schließlich um einen ausgewachsenen Streit gehandelt. Es sei ihm geradezu ein innerer Zwang jede Kontroverse zu einem gerechten Ende zu verhelfen, wie er den glotzenden Bauernburschen erklärte. Allesamt, mehr erstaunt, als angewidert und bar jeden Widerstandes, unterbreiteten ihm missmutig ihr Problem. Sie lägen im Streit um die nicht leicht zu entscheidende Frage, welches Leben das bessere sei: Das Stadtleben oder das Leben auf dem Land?

„Lasst mich Eure Standpunkte im Einzelnen wissen", forderte der Philosophenkönig. Eine rundliche Gestalt, kaum größer als er selbst, trat vor ihn hin, rückte sich seine Brille zurecht und ergriff in professoralem Ton das Wort: „Wer ein guter Städter sein will, muss gebildet sein. Er muss sich von der Landwirtschaft ab und der Betriebswirtschaft zuwenden, denn sie beschäftigt sich mit der Zahl. Er muss sich mit Politik beschäftigen, denn sie behandelt die ewigen Verhältnisse der Macht. Als Drittes bedarf er der Kenntnisse über die wahren Bewegungen hinter den hübschen Bildern des Scheins, deshalb sollte jeder Städter die Sterne studieren und als Krönung seiner Bestrebungen, zur Erforschung des Schönen und Guten, sollte er das Fach der Diplomatie beherrschen, um immer im rechten Augenblick zu wissen, welcher Betrag zu welchem in der richtigen Harmonie steht. Und ich frage Euch, wer will aus freiem Willen das auf sich nehmen?", schloss er überraschend an seine Kollegen gewandt. „Versteht ihr das unter einem geglückten Leben? Da, sage ich Euch: Ich ziehe das Landleben vor!" Unter zustimmendem Grölen einiger Burschen verneigte er sich ergeben und trat zurück. Ein Hagerer mit viel zu langen Beinen meldete sich: „In den Städten regieren die Philosophen, die darauf achten, dass ein jeder sich der Suche nach dem Schönen und Guten widme. Selbstverständlich bedarf es einer gebührenden Ausbildung, um dieser Suche gewachsen zu sein. Aber hier auf dem Land regiert ausschließlich der Stärkere, wie bei den Tieren, die keinerlei Vernunft kennen. Wollt ihr selbst noch länger sein, wie das Viehzeug, das ihr hütet?" Wieder erhoben sich Fäuste und lautes Rufen, nur diesmal von der Gegenseite. Ein kräftiges Bürschchen von mannhaftem Wuchs und einem ersten Bartansatz ging darauf ein: „Du sagst die Philosophen regieren die Städte? Ist das nicht lange Zeit vorbei? Sind nicht die Zeiten der Fruchtbarkeit den Zeiten der Unfruchtbarkeit gewichen? Sind nicht in die gerechte Verfassung die Habgier und der Machthunger eingezogen? Die Berufenen sind Regenten, weil sie nach der Herrschaft trachteten seit sie geboren wurden. Ihre Fächer haben sie trainiert, nicht um der Fächer willen, sondern schon in der Absicht die Macht zu erlangen. *In Wahrheit ist es aber so: die Stadt, wo die, die dazu berufen sind, am wenigsten nach der Herrschaft trachten, wird notwendig am besten und friedlichsten verwaltet, im Gegensatz zu der, die Regenten mit gegenteiliger Gesinnung hat.* Doch da ist es inzwischen weit gefehlt. Und solange sich die Zustände so verhalten, ziehe ich für meinen Teil das Land der Stadt vor!" Dem jetzt gegeneinander aufbrandenden Rufkonzert der Streitparteien gebot der Philosophenkönig mit erhobenen Händen Einhalt: „Mir scheint es sind sich nicht einmal die einig, die für das Land sprechen, weshalb sie das Land der Stadt vorziehen. Lasst uns doch vorerst einmal klären, was eine Stadt ist!" Der Schönling schoss hervor: „Was soll die dumme Frage? Städte gibt es so viele auf der Welt, dass jeder weiß, was eine Stadt ist. Wer sollte nicht wissen, was eine Stadt ist?!" Ein anderer platzte vorlaut dazwischen: „Die Mutter aller Städte ist Rom." Lachend und ihren Spaß daran findend fielen sie nun reihum ins Wort: „Babylon ist die Hure aller Städte!"

„London ist die Königin der Städte."

„Venedig ist das Flittchen unter den Städten", kicherte ein anderer.

„Paris ist die Künstlerin unter den Städten."

„Berlin ist eine Weltstadt!"

„Die wahre Stadt von Welt ist New York!", entgegnete einer. Der Hagere versuchte sich Gehör zu verschaffen:

„Die kleineren, weniger bekannten Städte sind die Städte, in denen man besser leben könnte, als in den großen."

„Was ihr mir genannt habt sind Orte auf unserem Planeten, die sich, ganz richtig, für gewöhnlich als Städte bezeichnen. Aber habt ihr mir die Frage beantwortet, was eine Stadt ist? Darüber hinaus solltet Ihr Euch überlegen, was ihr von einem Ort zum guten Leben erwartet! Ist es von Bedeutung, ob er sich eine Stadt nennt? Ich bezweifle allerdings, ihr findet einen solchen Ort zum guten Leben in einer dieser Städte, die ihr mir so zahlreich aufgezählt habt. Wenn ihr in einer wahren Stadt leben wollt, müsst ihr für sie sterben wollen. Bitte! Dann zieht hin in den Kampf gegen die Schwätzer und wagt es nicht zu winseln, um euer eigenes läppisches Leben, das ihr doch nur zu verlängern sucht." Die Burschen sahen ihn verdutzt an, ob der dreisten Schlussworte. „Du redest selbst, als wärst Du einer von den Schwätzern", warf ihm der Athlet entgegen und trat vor ihn hin. Dieser Prolet stellte sich jetzt als Rädelsführer heraus, der es verstand, zu Ungunsten des kleinen Königs, alle gemeinsam hinter sich zu vereinigen. „Dass einer für die Stadt in den Tod ginge, daran kann ich mich nicht erinnern. Das muss vor meiner Zeit gewesen sein", was er mit zynischem Lachen zu untermauern verstand. „Man begibt sich in die Stadt, um sich der Weiber zu bedienen, nicht wahr?", fuhr er an die andern gewandt fort, „Weiber die freizügiger sind als auf dem Land! Und um sich Geschäfte zu genehmigen, denen man hier nicht einmal einen Gedanken schenkt!" Dem Philosophenkönig wurde zunehmend deutlich, dass er wenig fruchtbaren Boden beackert hatte: „Meine Zeit ist knapp und der Weg noch lang. Ich werde Euch jetzt verlassen, denn ihr macht aus allem nur einen Spaß. Aber wer nichts mehr ernst nimmt, der wird auch an nichts mehr ernsthaft Freude haben. Darum solltet ihr am besten für alle Zeit Kühe hüten."

„Soso, mein Freund! Sag, Fremder, Du hast uns noch nicht einmal deinen Namen verraten, aber schwingst dich auf, uns mit deiner Verachtung zu strafen? Sag uns, wer Du bist, damit wir wenigstens den Namen dessen wissen, den wir verprügeln?", forderte der Anführer.

„Um ihn auf Deinen Grabstein zu schreiben, wenn wir mit Dir fertig sind!", ergänzte ein weiterer, der ihm zur Seite sprang.

Geistesgewand bemüht, sich aus der Verlegenheit zu ziehen, griff der König zu einem Zitat und schleuderte es in Originalsprache nach seinen Gegnern, womit sich gemeinhin gut beeindrucken lässt und in der Regel die Angriffslust von Bauernburschen fürs erste gelähmt ist: „Polemos panton men pater esti, panton de basileus, kai tous men theous edeize tous de anthropous, tous men doulous epoiede tous de eleuthereus"[7] Seine humanistische Vorbildung sprudelte wie aus einem angeschlagenen Fass. Den Burschen verformte sich die Gesichtsmimik von ungläubig bis hin zu aggressiv. „Was soll dies Kauderwelsch? Wir wollen nur Deinen Namen, du Hanswurst!"[8]

---

[7] Dem redlichen Leser sei die versprochene Originalsprache nicht vorenthalten: „Πόλεμος πάντων μὲν πατήρ ἐστι, πάντων δὲ βασιλεύς, καὶ τοὺς μὲν θεοὺς ἔδειξε τοὺς δὲ ἀνθρώπους, τοὺς μὲν δούλους ἐποίησε τοὺς δὲ ἐλευθέρους". Den obendrein neugierigen Leser wolle man an dieser entscheidenden Stelle keinesfalls auf der Landstraße stehen lassen: „Auseinandersetzung ist aller Dinge Vater, aller Dinge König, die einen erweist er als Götter, die andern als Menschen, die einen macht er zu Sklaven, die anderen zu Freien." (Heraklit)

[8] Da die Gegebenheiten hier nicht in der Sprache wiedergegeben ist, in der das historische Gespräch tatsächlich geführt wurde, sondern es sich um eine sinngemäße Übertragung handelt, es aber für das weitere Ver-

Und unvermittelt folgte dieser Aufforderung zum Nachdruck der passende Nasenstüber. Um sich der zunehmend verfinsternden Situation und weiterer Verfolgung zu entziehen, wollte der kleine König keine Widerrede mehr leisten.

„Pan… Pan…ja… In …I …"[9], murmelte der am Boden zappelnde Philosophenkönig und mit Sicherheit niemand kann mehr nachvollziehen, was ihm noch alles durch die Birne wirbelte und seine humanistische Einbildung zerstäubte, just in dem unpassenden Moment, da er seine künftige Adresse fabulierte. Wie zum Unterstrich wischte er sich am Ende tapfer sein Nasenblut über die Wange. Des Bauernsohnes kraftvolle Pranke zog ihn unversehens an der Hemdbrust wieder empor und nach einem gequälten Lacher sagte er: „Jawohl, Du bist ein *Panini*, für mich, Du stotterndes Würmchen: Ein kleines Brötchen, das ich zum Frühstück verschlucke." Dann lachte er dem Philosophenkönig lautstark mit beißendem Atem ins Gesicht und verpasste ihm einen Kopfstoß.

---

ständnis von größter Bedeutung ist, darf an dieser Stelle nicht verzichtet werden den originalen Begriff einzuführen. Aus Gründen der regionalspezifischen, semantischen Tradition und der verwirrenden territorialen, wie auch geographischen Zuordnungen, muss es sich im Original bei diesem von dem Bauernburschen gebrauchten Schimpfnamen wohl um den damals gebräuchlichen Begriff »panini« gehandelt haben; schlussendlich entspricht dies der vegetarischen Variante des Ersatzausdrucks und macht einzig und allein im weiteren Sinn.

[9] Hier spricht wohl vieles dafür, dass so einiges durcheinander gekommen ist an Belesenheit, Sprachbegabung, Bildung und Genusssucht, und eine gehörige Portion der sprühenden Phantasie, die aufzubringen war, der drohenden Lage glimpflich noch zu entrinnen, in dem Zweckoptimismus ihre Ursache hat, den man kaum verdenken kann, angesichts des physischen Ungleichgewichts der beiden Streitparteien.

Schon besannen sich die Bauernburschen ihrer ureigenen Sprache, bewarfen den ungefragten Eindringling mit ausgefressenen Gedärmen ihrer selbst fabrizierten Fleischwürste, gefolgt von leeren und der ein oder anderen vollen Bouteille. Zum Abschied erhielt er noch einige Hiebe mit diversen Schlagflegeln auf Rückgrat und Hinterkopf, sodass er hirnüber die Böschung hinab glitt und erst im Straßengraben zu liegen kam.

Nachdem die Eselstritte aufgehört hatten auf ihn nieder zu regnen, streckte er sich lang in das weiche Gras und die Bauernburschen trollten sich zu ihrer Herde. In seinem Schädel hallte das Lachen des Grobians nach und dessen „PAN-IN-I" wiederholte sich in einer nicht enden wollenden Schleife. Hatte er doch seit langem an der Tatsache gelitten, dass es ihm an einem ordentlichen Namen fehlte, so war ihm dieser Umstand tatsächlich zur Katastrophe geraten. Nie zuvor war ihm von Außenstehenden so deutlich gemacht worden, dass ihm existentiell an etwas mangelte. Wenn es ihm ein Anliegen sein sollte, dass ihm in Zukunft niemand mehr nur seines vermeintlichen Titels wegen Gehör schenke, konnte er nicht länger ohne einen Namen auskommen! Und das vereinbarte sich nicht mit seiner Absicht, die Zukunft aus eigener Kraft meistern zu wollen. Wenn ihm sein erster Versuch auch gründlich misslungen war und gerade erst die Schmerzen begannen nachzulassen, war er keineswegs gänzlich entmutigt. Nur denselben Fehler beabsichtigte er nicht ein zweites Mal begehen zu wollen. Er empfand Ansporn, nun endlich die Grenzen seiner ihm eigenen Fähigkeiten zu erkunden. Zukünftig wollte er ausschließlich Mittels guter Argumente und rhetorischer Fähigkeit Ansehen erringen und für das Gute und Gerechte einstehen. War auch der erste Versuch mit einem wenig wünschenswertem Ausgang gesegnet gewesen, hat er ihm doch zumindest einen Namen eingetragen. „PanInI", welch ein Name! Er hatte Gefallen daran und beschloss, es bei *Panini* zu belassen! Von einem Philosophenkönig wollte er am liebsten nie mehr etwas gehört haben.

15. Kapitel
Wie er sich nach der Idee seines Lebens fühlte wie nach einem gelungenen Stuhlgang

In seinem Geist formte sich *Panini* zu einem standhaften Bild, mit wahrhaftigen Zügen. Immerfort jonglierte er sein neues Pseudonym von der Zunge in den Gehörgang und von dort in die Hirnwindungen; und er fand zunehmend Gefallen daran. Niemand hatte bislang das Bedürfnis, ihm einen Namen zu verpassen, erst die Bauernburschen sahen es als dringendes Bedürfnis, ihn namentlich zu kennen, wenn auch sogleich zu verspotten. Egal was er gesagt hatte, sie bestanden auf seinen Namen! Es war ihm ein Wohlgefühl, endlich einen solchen zu besitzen. Wie erlebt, war er in dieser Gegend noch unbekannt geblieben. So könnte sein Name ihm zudem endlich zu seinem Inkognito verhelfen. Er war verliebt in diesen süßen Zufallsfund und wollte auch gar nicht weiter darüber nachdenken, wem er dies zu danken hatte und war einfach nur froh, fortan *Panini* zu sein!

Der Weg nach Paris war immer noch weit, und er war ihm durch die Blessuren nur leidvoller geworden. So kam es des Öfteren zu Rasten, die er stundenlang in die Länge zog, um dann nur wenige Meter voranzukommen. Während langer Mittagsstunden des Prokrastinierens, trug es sich eines Tages zu, dass ihm Gedanken durch den Kopf schossen, deren Eigentümer er gar nicht zu sein schien. Geradezu völlig fremd waren ihm die Sätze und Bilder, die ihm durch den Kopf geisterten. Manch einer hätte es für eine Offenbarung gehalten, doch Panini glaubte dem Trunkfieber zu erliegen und schwor sich zuallererst, zukünftig maßvolleren Umgang mit Speis und Trank, zumindest zur Mittagszeit. Um nicht zu überhitzen, suchte er sich für einige Tage eine Bleibe in einem Gasthof an den friedlichen Ufern des Rheins. In der Nacht auf den fünfzehnten Dezember soll es gewesen sein, als dort dann vor seinem inneren Auge ablief, was eindringlicher und bedrohlicher er nie zuvor erlebt hatte. Angesichts der nächtlichen Erscheinungen, glaubte er sich in tödlichem Fieber. Was ihm unheimlich war, beschloss er aufzuschreiben, in der Hoffnung, auf diesem Wege die Geister, die in ihm tobten und ihn mit Sicherheit in den Tod zwingen wollten, zu bändigen. Was Schwarz auf Weiß vor ihm läge, könnte er getrost dann verdammen, wie er dachte. Doch es sollte anders kommen. Was Panini in den folgenden achtundzwanzig Stunden ohne Unterlass zu Papier brachte, würde in die Geschichte eingehen. So dachte er zumindest, als er es sich, nach überlebter Tortur und in garantiert nüchternem Zustand, erneut zu Gemüte führte. Trotz der großen Erschöpfung, die ihn niederdrückte, setzte er, nach vollendeter Lektüre, mit einem Gefühl der Erlösung, als Anhang darunter: „Eine gute Idee geboren zu haben, ist wie einen guten Stuhlgang gehabt zu haben. Panini." Zufrieden sank er in sich zusammen und schlief die nächsten zwei Wochen in diesem schicksalsreichen Gasthof an einem Stück durch. Während die Winde der Geschichte ums Haus wehten und das kriegerische Laub schreiend von den Bäumen bliesen, umspielten ihn in seinen somnambulen Gedanken noch viele Male die niedergelegten Worte, wie wilde Elfen in ihrem Zauberreigen:

„Der Weise ist kein Mensch, wenn er nicht töricht ist,
Der Narr ist kein Mensch, wenn er nie weise spricht.
Alle Weisheit nützt dir nichts, wenn sie dich Furcht nur lehrt
und Zögern lässt. Hau´ drauf! Auf die ganze Wirklichkeit!

Die Weisheit gebietet Scham und Voraussicht dir,
Wirst endlich du erstarrn, ungezählter Tage ängstlich harrn.
Vor Lachen werden dir die Sorgen schwinden,
Nicht umgekehrt. Hau´ drauf! Machen, machen, machen!

Sie jagt den Ernst dir aus den Knochen,
Lässt dich über die Schwelle hin und überspringen,
Bereitet dir den Quantensprung!

Sie nährt dir die Speicher der Erfahrung,
Verdaut, spendiert die Reste für dein Gemüt,
Bringt dar der Weisheit erst ihr Futter!

In Armut ist sie dein einzig lustiger Gesell:
Wage der Torheit Gebrauch, der Weisheit Verwendung!"

Als er gestärkt zu Tisch saß und endlich wieder Nahrung zu sich nahm, war ihm mit einem Mal klar, dass er nicht nach Paris gehen würde, um zu studieren. Nach Paris gehen wollte er wohl, aber mit ganzem Ernst, um dieses Pamphlet ungefragt beim *Collége de Sorbonne* einzureichen, um es von den höchsten Professoren prüfen zu lassen. Er wollte im Staub vergehen, wenn ihm dafür nicht ein ordentlicher Preis zustünde! – Zumindest ein paar Groschen für die Reise sollten herausspringen.

16. KAPITEL

*Wie Panini des Alleinseins überdrüssig, sich einem
Wanderzirkus zugesellte*

An einer Weggabelung, nicht weit vor Paris, stieß
Panini auf eine Kolonne von Zirkuswagen, die unentschlossen an dem Scheideweg verharrte. Wie es schien,
waren am Kopf des Zuges zwei Männer in einen Disput
vertieft, welchen der beiden Wege sie einschlagen sollten.
Panini schritt entlang der Reihe imposanter Gefährte,
direkt auf die beiden Männer zu. Die Artisten, die sich
währenddessen ringsum den Tross zerstreut hatten, waren auffallend und reich gekleidet, verbargen offensichtlich ihren Wohlstand nicht. Die Wagen waren mit golde-
nen Beschlägen reich verziert, jeder Nagel blitzte in der
Sonne, als wäre er aus reinem Silber geschlagen. Kostbare
Seidentücher dienten als Planen für die Wagen und die
Tierkäfige waren zweifellos aus edlem Stahl. Dabei war es
umso seltsamer, dass die Artisten ihre Wagen selbst zu
ziehen schienen. Nicht wenige pausierten noch in den
Geschirren der nicht gerade klein geratenen Transport-
karren und Wohnwägen. Vor keinem der Wägen, an denen er vorüber kam, sah er ein Zugtier. In den noch be-
setzten Gespannen fanden sich ausschließlich Artisten.
Als der Philosophenkönig bei den beiden Männern an der
Spitze angelangt war, nahmen diese ihn erst einmal überhaupt nicht wahr. Panini hörte, dass die beiden keineswegs für oder gegen einen der beiden Optionen stritten.
Er konnte in aller Ruhe beiwohnen, wie der ältere Herr,
gewandet in maßgeschneidertem, weißen Anzug und
ebensolchem Hut und der jugendlich wirkende Bursche
in phantasievoller Zirkus-Livree, in der er unpassend
kostümiert wirkte, einhellig darüber aufgebracht waren,
dass sie nun auf ihrer bislang so ruhigen und harmoni-

schen Reise, so kurz vor dem Ziel, von dieser Weggabelung aufgehalten wurden. „Kein Mensch braucht diese Weggabelung!", polterte der Alte, „Wir hätten so weiterfahren können wie immer, und alles wäre gut!"

„Weshalb sollten wir uns entscheiden müssen?"

„Wir können nicht beide Wege gehen!"

„Das ist wohl wahr."

„Gehen wir den einen, können wir den anderen nicht gehen!"

„Und gehen müssen wir!"

„Und das Dümmste ist, wir wären auch genauso gut ohne diese Weggabelung an unser Ziel gelangt!"

„Da haben sie wohl Recht, Herr Direktor. Wie soll man sich nur entscheiden, wenn man keinen der Wege kennt!", grummelte der Livrierte.

„Verflucht seien die Straßenbauer, die aus reinem Übermut handeln und uns arme Wanderer permanent vor die Wahl stellen!"

„Weshalb sollte man sich entscheiden müssen, wenn man doch als Wanderer nur gehen will."

„Seid froh, dass ihr die Wege nicht kennt!", mischte sich Panini hinterrücks ein. Aus ihrem Klagen gerissen, fuhren die beiden herum und stießen, wie aus einem Munde, hervor: „Was ist?!"

„Sie erlauben mich vorzustellen: Panini ist mein Name, und ich wurde soeben unfreiwilliger Zeuge ihres Gespräches."

„Was willst Du?", begegnete ihm der Ältere, indem er sich hinab beugte und Panini mit einem skeptischen Blick unter seiner Hutkrempe hindurch fixierte.

„Ihr könnt Euch glücklich schätzen, dass ihr keinen der Wege vor Euch kennt! Auf diese Weise könnt ihr Euch bedenkenlos für einen entscheiden. In keinem Falle werdet ihr später die Wahl bereuen, könnt ihr doch nicht wissen, ob der andere besser oder schlechter gewesen wäre."

„Ich bin Cornelius, der Direktor dieses sonderbaren Unternehmens." Mit diesen Worten streckte der Mann im weißen Anzug Panini die Hand entgegen. „Und das hier ist Eusebius, meine rechte Hand." Eusebius, der Livrierte, verbeugte sich ergeben. „Einen solch gewitzten Burschen, wie Dich, könnten wir gut gebrauchen", fuhr der Direktor fort, Panini am Arm bei Seite nehmend, „wir könnten Dich als Philosophen auftreten lassen. Bei deinem Wortwitz, gar als Meister-Philosophen." Er lachte selbstgefällig.

„Als modernen Sokrates", warf Eusebius geflissentlich dazwischen. „Willst Du dich nicht für eine Zirkuskarriere entscheiden, mein junger Freund?" Panini erzählte von seinem Reiseziel Paris und seinen Absichten, die ihn dorthin trieben. Es sei ein viel zu leicht zu unterhaltendes Publikum in Paris, winkte der Direktor ab. Er sei zwar noch nie dort gewesen, aber man erzählte sich so einiges unter Kollegen. Deshalb vermied er es tunlichst mit seinem Wanderzirkus in die Metropole einzureisen. Es mache nun mal keinen Spaß vor einfältigen Schenkelklopfern das Beste der Zirkuswelt aufzubieten. Und um nichts anderes handle es sich bei dem einzigartigen Ensemble des *Circus Le Monde*, müsse er wissen. Panini war angetan von der Beredsamkeit des Direktors und dem grotesken Treiben, von dem er nicht ablassen konnte, es nebenbei zu beobachten. Dem Alleinsein mittlerweile überdrüssig und über alle Maßen erfreut über die unerwartete Unterhaltung, wollte er es sich genehmigen, für kurze Zeit sich dem Zirkusvolk anzuschließen.

17. Kapitel

*Wie Panini im Zirkus „Le Monde" die kuriosesten Ge-
wöhnlichkeiten dargeboten bekam*

Panini, von seiner angeborenen Neugier getrieben,
verbrachte die nächsten Tage eingehend damit, den ver-
schiedensten Zirkusangehörigen auf die Finger zu sehen.
Was ihn anfangs so verwundert hatte, dass die Zirkuswagen von den Artisten selbst gezogen wurden, hat ihm der
aufgeschlossene Direktor damit erklärt, dass die Artisten
auf diese Weise im Training blieben und bei einem Wanderzirkus, dem es in der Regel an Zeit fehlte für regelmä-
ßiges und ausdauerndes Probieren, zumindest das Kör-
pertraining sich auf diese Weise zeitsparend und wie von
selbst erledigte. Der Zirkusdirektor verriet Panini noch
vieles mehr und er schien froh darüber, jemanden gefunden zu haben, dem er aus seinem esoterischen Metier
seines langen Arbeitslebens erzählen konnte. Man würde
es kaum glauben, sagte er, sein Geschäft gehe so gut, wie
selten zuvor. Seit Jahren sei jede Vorstellung ausverkauft,
wohin sie auch kämen. Wenn das so weitergehe, könne er
sich bald noch seinen Hintern vergolden, lachte er, aber
was brächte es ihm? „Ihr müsst außergewöhnliche Sensationen im Gepäck haben, sodass Euch wahrscheinlich ein
unvergleichlicher Ruf vorauseilt?", vermutete Panini,
„Doch verzeiht, verehrter Direktor, ich rätsle schon lange,
welche Kuriositäten ihr in Euren Wagen versteckt. Augenscheinlich will sich mir bei den meisten Artisten nicht
offenbaren welche Kunst sie beherrschen; keine Muskel-
männer, Riesen oder Zwerge, weit und breit. Wenn ich
mir den Kleinsten, mit dem ich bislang Bekanntschaft
gemacht habe ansehe, könntet ihr genauso gut mich als
Zwerg noch gebrauchen. Auch Schlangenmenschen,

Schwertschlucker, Tänzerinnen und Clowns habe ich noch keine entdecken können."

„Wie? Was redet ihr da? Seid ihr blind?", entgegnete der Zirkusdirektor, „Wir, der große, traditionsreichste unter den Traditionsreichen, der *Circus Le Monde* haben alles, was ein Zirkus heute nur zu bieten vermag. Wir haben die gewöhnlichsten Typen, die sich auf dem Kontinent noch finden lassen, die alltäglichsten Tiere der ganzen Welt. Wir haben seltene Exemplare aus den Spezies der *Müßiggänger* und der *Kritiker*. Unter uns sind die letzten *staunenden Unwissenden* und selbst einen *Hungerkünstler*, welcher schon sehr alt und wohl der letzte seiner Kunst ist. Ich übernahm ihn damals von einem bankrotten Konkurrenten, der bald darauf an Lungenentzündung starb, wie mir zu Gehör kam. Weiterhin können wir mit nicht weniger als einem halben Dutzend *schwangerer Frauen* und einem Dutzend *Kranker und Behinderter* aufwarten. Behinderte werden es leider immer weniger; die Gleichstellungsgesetze, Sie verstehen? Wir haben also, was Herz und Auge begehren. Was man nirgendwo mehr öffentlich zu Gesicht bekommt. Choleriker, Melancholiker, Sanguiniker und Phlegmatiker, die spektakulärsten Langweiler, ein Schweiger, ein Grübler, ein Schwätzer und einen Träumer. Zu den Langweilern zählen sich, wie soll es anders sein drei an der Zahl und sie sind wie zu erwarten meist nicht gut aufeinander zu sprechen. Ich sage Euch, Ihr werdet das Staunen neu entdecken, wenn ihr erst unsere nächste Vorstellung nicht versäumt haben werdet."

„Ihr seid wahrlich ein außergewöhnlicher Zirkus", gestand Panini respektvoll ein.

„Wir, der *Circus Le Monde*", hob der Direktor an, „wir sind *der* Zirkus der Gewöhnlichkeiten! Ihr müsst nicht denken, das sei alles gewesen, was ich Euch aufgezählt

habe. Das waren nur die Artisten. Wir zeigen auch Tier-
nummern, wie zum Beispiel die Milchkuh oder die
Schlachtschweinnummer und das große Hühnerrupfen.
Ich sehe Euch Eure Verwunderung an, Ihr seid verblüfft,
aber keine Angst, alle Nummern sind lizenziert und abgenommen. Jedes tote Tier wird bei uns, wie ihr wissen
müsst, weiterverwertet, die meisten sogar selbst gegessen.
Wir dürfen uns auch rühmen, eine längst vergessene,
ganz alte Nummer im Programm zu haben: »Das Kanin-
chenausziehen«. Das beherrscht wirklich kaum noch ein
Mensch, sind wir doch alle mittlerweile zu Aasfressern
mutiert. Ich hatte das Glück bei unserer letzten Tournee
durch Osteuropa am Wegesrand einen Selbstversorger
aus Tschechien aufzulesen, der dem Tode näher war, als
dem Leben. Was er uns heute dankt, indem er jede Vorstellung eröffnet, indem er mit einem gekonnten Hand-
griff einem toten Kaninchen das Fell über die Ohren zieht.
Das ist unser Erfolgsrezept, Panini. Bei uns können die
Zuschauer noch Menschen erleben, wie nirgendwo
sonst!"

Nach diesem Gespräch sah Panini das Geschehen
und die Artisten mit anderen Augen und bald begann
auch er zu staunen, über die Gewöhnlichkeit jedes Einzelnen. Wie sie ganz selbstverständlich, abwechselnd in
die Geschirre sprangen und ihre Gespanne zogen, wie sie,
zwar kostbar, doch fast ununterscheidbar gekleidet waren. Jetzt erst fiel ihm auf, dass die Wägen nahezu identi-
sche Abdeckstoffe zierten und selbst die Wagenräder alle
die gleiche Anzahl Speichen hatten. Für gewöhnlich üb-
ten sich an den Nachmittagen alle in ihren Disziplinen.
Besonders amüsant fand er die Flaneure, die meist man-
gels städtischer Straßen auf einem freien Feld oder einer

Blumenwiese ihre Kreise zogen. Die Schläfer lagen unter ihren Wägen und schnarchten leise vor sich hin. Panini besah sich die Artisten sehr genau und seine Begeisterung für diese Truppe wuchs von Tag zu Tag.

Eines Nachmittags, als Panini noch in seinem Mittagsschlaf verharrte, unterlief ihm eine seltsame Begegnung, die er sich nicht zu erklären vermochte. „Der Jongleur ist der König der Artisten", plapperte ihn unvorbereitet ein junger Mann von der Seite an. „Wie kommst Du darauf?", fragte Panini schläfrig erstaunt, war ihm doch im Zirkus *Le Monde* keiner dieser Spezies begegnet. „Mit seiner Kunst versucht er die Welt aus den Angeln zu heben! Er beherrscht den Zustand des Gleichgewichtes, wie kein anderer."

„Das ist mir bekannt", entgegnete Panini zunehmend genervt, da er sich nachhaltig in seiner Nachmittagsruhe gestört fühlte, „aber hier in Eurem Zirkus gibt es keine Jongleure!"

„Dann weißt Du sicher auch, dass es ein Gleichgewicht eigentlich gar nicht gibt", ließ der Kleine nicht locker, „die Natur kennt kein Gleichgewicht, nur der Jongleur vermag es herbeizuzaubern. Deshalb duldet der Direktor hier keine Jongleure!" Panini horchte auf und dem Jungen mit wachsender Gespanntheit zu. „Er, und nur er, hält in der Waage, was ohne ihn nie im Gleichgewicht sein würde. Er lässt eine Kugel auf einer Nadelspitze stehen, obwohl ihm alle Gesetze der Welt entgegenstehen. Er bezwingt die Natur und er hebt die Natur aus ihren Angeln", ereiferte sich der kleine Kraftprotz, der sich immer mehr aufplusterte, „für klitzekleine, kurze Zeit zumindest."

„Das ist interessant, was Du da sagst", gab Panini zu, „weißt Du, so habe ich das noch nie gesehen. Du bist ein gewitztes Kerlchen. Ich denke, es könnte Spaß machen, sich mit Dir zu unterhalten. Bist Du denn einer von diesen Jongleuren? Beherrscht Du die Kunst des Gleichgewichtes?" Dem jungen Mann rannen Tränen über die Wangen, und er sah beschämt zu Boden. „Was bist Du traurig? Habe ich Dich beleidigt?" Der noch eben vor Übermut strotzende Jüngling konnte sich seiner Seufzer kaum erwehren, dann stieß er endlich mit theatralischer Geste hervor: „Am Schluss springt sie jedes Mal wieder in den in ihrem Inneren tobenden Kampf. Er kann sie nicht verändern, aber er kann sie bändigen, für einen Moment, für einen Augenblick, ist er größer, als die Welt, der Allergrößte." Mit einem Mal sah sich der junge Mann verängstigt nach allen Seiten um, verschwand hinter einem der Wagen und ließ den Philosophenkönig unvermittelt zurück.

18. KAPITEL

In dem Panini eine gute Tat versucht und mit einem Freund die Flucht aufs Land wagt

Am liebsten hielt Panini sich fortan bei den Müßiggängern auf. Es war eine schweigsame Bande von vier jungen Männern, bei denen er selten ein Lächeln bemerkte. (Hatte der Direktor nicht behauptet es seien drei?) Sie blickten nicht traurig und nicht zornig. Sie besahen sich den Tag mit einer gewissen Gleichgültigkeit, die ansteckend war. Keiner von ihnen wusste, was sie anfangen sollten, dennoch verbrachten sie jeden Tag recht ausgefüllt. „Als Müßiggänger", wie sie einstimmig bekräftigten, „hat man es, oder man hat es nicht." Hier fühlte sich Panini sichtlich wohl, auch er fühlte sich der Muße seit jeher zugeneigt. Die Nachmittage verbrachte er fortan in ihrer Runde.

Von einer der größten Sensationen sollte Panini erfahren, als die erste öffentliche Aufführung bevorstand. Der Direktor hatte im letzten Wagen, bisher vor seinen Augen gut verborgen, die Gruppe der Schwangeren versteckt, die er zwar erwähnt, aber von deren Zirkusnummer er nichts angedeutet hatte. Wenn es sich zu einer Vorstellung ergeben sollte, dann würde er diejenige von Ihnen zum Höhepunkt der Show machen, die in den Wehen läge. Spontan würde dann vor laufender Kamera ein Kind zur Welt kommen. Das entsetzte und enttäuschte Panini gleichermaßen, als er davon erfuhr. Das entsprach zwar dem Konzept des Zirkus *Le Monde*, Alltäglichkeiten zu demonstrieren, gleichzeitig würde es in dieser Zeit, deren größtes Problem es war, dass kaum noch Kinder zur Welt kamen, die größte Sensation und die größtmögliche Provokation bedeuten. Wie kamen die angehenden Mütter zum Zirkus, und weshalb wollten sie gerade hier ihr Kind zur Welt bringen? Panini wurde misstrauisch. Eusebius, die rechte Hand des Chefs, war einer der *Schweiger* und während der bedächtigen Nachmittage hatten sie sich bereits etwas angefreundet. Panini beschloss also mit ihm darüber zu reden, ehe er dem Direktor falsche Fragen stellte. Eusebius gab sich, wie er es gewohnt war, schweigsam. Mit anderen Worten, es war zuerst nichts von ihm in Erfahrung zu bringen, was Paninis Argwohn nachhaltig untermauert hätte. Der kleine Philosophenkönig ließ jedoch nicht locker und Eusebius wurde seine Freundschaft zu diesem Winzling zunehmend wichtiger, bis er irgendwann nicht länger mit Hinweisen geizte und schließlich freizügig und offen, ja beinahe erleichtert zu erzählen begann. Paninis Verdacht hatte sich erhärtet. Nicht alle im Zirkus *Le Monde* frönten dort freiwillig ihren Künsten!

Der Zirkus sollte sich in den nächsten Tagen auf seinem Weg die *Rhone* abwärts bewegen. In der Nähe von *Montélimar* schlugen sie ihr Nachtlager auf, als Eusebius einen unvermittelten Vorstoß wagte: „Panini, ich kenne ein kleines Landgut bei *Venasque*. Es ist nicht groß, aber ein wahres Schmuckstück! Dahin will ich Euch morgen zu Tisch bitten. Alles dort ist Schönheit und Genuss, Gleichmaß, Beschaulichkeit und Überfluss …" Panini machte große Augen, war sprachlos und konnte die Absicht hinter dem unerwarteten Antrag nicht ganz erkennen. Angesichts des erstaunten Freundes wollte Eusebius nicht länger an sich halten und beichtet ihm endlich seinen Verdruss über die Missstände und die Bedingungen, unter denen man im Zirkus gezwungen war, mitzuspielen und aufzutreten. Die aufgezwungene Oberflächlichkeit, der zur Schau getragenen Alltäglichkeit, war ihm zuwider geworden, dass er beschlossen hatte, es nicht länger ertragen zu wollen. So war es unter den Freunden bald abgemacht, im Morgengrauen die Flucht zu wagen. „Erwarte mich diesseits der Brücke, die hinüber führt ins Land der zwölf Dörfer", flüsterte Panini Eusebius beschwörend zu, „den Rest erledige ich!", und verschwand in die Nacht, um seinen Freund, wie auch den werten Leser ratlos zurückzulassen. Über den Rest der Nacht und deren Geschehnisse, sowie der darin verborgenen Unternehmungen des Philosophenkönigs muss nämlich leider der undurchdringliche Schleier des Geheimnisses gebreitet bleiben. Weiß doch niemand genau zu berichten, wie es dem Däumling gelungen war, die sechs Damen zu überzeugen, den vergitterten Wagen mit dem weißen

Hengst des Direktors – dem einzigen echten verfügbaren Zugtier – anzuspannen, ihn geräuschlos aus der Wagenburg zu manövrieren und behände Richtung Fluss zu lenken. Jedenfalls wusste Eusebius nicht, wie ihm geschah, als er bei anbrechender Dämmerung, am Brückenkopf fröstelnd, jenes Gespann mit einem Höllenlärm die Schotterpiste hinab, direkt auf sich zu fliegen sah. Ohne zu erinnern wie, jedenfalls ohne, dass dieses Geschoss angehalten hätte, saß er mit einem Satz neben Panini auf dem Kutschbock, der, wild mit der Peitsche umsichschlagend, dem keuchenden Pferd gebot, sich ins Zaumzeug zu legen. In wildem Stakkato donnerten die beiden Helden mit sechs hochschwangeren Frauen im Gepäck über die Holzbrücke, dass sich die Planken lösten, direkt hinein ins Land der zwölf Dörfer. Als sie über den Fluss hinweg waren und endlich in einen dichten schützenden Wald kamen, Panini die Fahrt aber keineswegs beabsichtigte zu verlangsamen, konnte Eusebius nicht mehr ansichhalten: „Was hast Du vor? Was willst Du mit dem Wagen?"

„Wir mussten doch etwas unternehmen! Willst Du einfach abhauen und die schwangeren Frauen ihrem Schicksal überlassen. Die Welt wartet schließlich auf Geburten! Unvorstellbar, welche Reaktionen die Performance ausgelöst hätte!"

„Aber Panini, das ist Diebstahl, Entführung, Menschenraub, Betrug, vorsätzliche Körperverletzung, was weiß ich nicht alles!?"

„Andernfalls wäre es unterlassene Hilfeleistung. Das Leben im Zirkus ist Sklaverei, oder erinnerst Du nicht mehr weshalb Du fliehen wolltest?"

„Ja, Du hast Recht. Dafür danke ich dir!"

„Und den *Sokrates,* den nimmst Du zurück!"

Eusebius lächelte und schwieg. Panini feuerte das Pferd an.

„Wir werden durch Dörfer kommen, die sich nichts sehnlicher wünschen als Nachwuchs, Eusebius. Ich will in jedem Dorf eine Schwangere in Freiheit setzen, verstehst Du? Damit die Welt eine natürliche Geburt an einem freien Ort erleben kann!"

„Die Welt für diese Frauen war der Zirkus, Panini! In den freien Dörfern werden sie zur gejagten Beute der Öffentlichkeit."

Panini riss die Zügel an sich und der Zirkuswagen stoppte.

„Was hast Du, Panini?" fragte Eusebius unsicher, da er glaubte, dass es seine Worte gewesen sein mussten, die in seinem Freund eine unerwartete Reaktion verursacht hatten. Er konnte nichts ahnen von den Erlebnissen und Bildern, die in jenem hochstiegen. Der Philosophenkönig sprang vom Kutschbock, ging an die Türen des Wagens und öffnete. Die sechs Frauen saßen verlegen zurückgezogen im hinteren Teil des Wagens auf weichen Kissen gebettet und blickten, wie um Entschuldigung bittend, in die großen Augen Paninis. Sie hatten ihre Bäuche abgenommen und krochen langsam aus dem Wagen. Panini wartete bis sie im Wald verschwunden waren, dann setzten die beiden Freunde langsam die Fahrt fort.

19. KAPITEL

Wie Panini und Eusebius das Landleben genossen und in einen Disput mit den drei Jungfrauen von Malmort gerieten

„Erzähle mir von dem Landgut, zu dem wir fahren", forderte Panini Eusebius auf. „Woher kennst Du es?"

Sichtlich dankbar über die Unterbrechung des langen Schweigens wurde Eusebius schnell gesprächig: „Es gibt dort Bücher haufenweise, Vorräte für ein ganzes Jahr, Kleider, spritzige Pferde und Kunstgegenstände im Überfluss. Es wird Euch gefallen!"

„Wie kommst Du dazu, mich auf ein so kostbares und noch dazu fremdes Landgut einzuladen?"

„Es ist mir nicht fremd, wie Du hörst, es gehört einem Freund, vielmehr, der Freund ist der Verwalter dieses Gutes, um ehrlich zu sein, ... es gehört mir."

„Du hast ein Landgut voller Kostbarkeiten und verbringst dein Leben damit, im Zirkus aufzutreten."

„Was findest Du schlecht daran, wenn man Abwechslung in sein Leben bringt?"

„Und ich dachte ihr seid Gefangene des Direktors."

„Das war ich auch – und die anderen sind es noch." Eusebius blickte beschämt zu Boden.

„Wie kann er Euch gefangen halten, wenn ihr aus freien Stücken zu ihm geht?"

„Niemand weiß vorher, auf was er sich einlässt. Niemand wird gezwungen mit dem Zirkus zu reisen, doch wer einmal dabei ist, darf nicht wieder gehen; es würde das ganze System gefährden!"

„Eusebius, jetzt bin ich seltsam deprimiert und frohen Mutes zugleich! Ich bin so sehr gespannt auf dein Zuhause!"

„Lass dich überraschen: Sämtliche Mahlzeiten werden aus Gemüse bestehen, ein nicht gekauftes Mahl, wie Horaz sagt! Der Wein wächst auf meinem Grund. Gurken und Melonen wachsen umsonst. Feigen, Birnen, Äpfel und Nüsse spenden die Bäume, wie auf allen glückseligen Inseln, wenn wir Lukian glauben dürfen. Allenfalls kommt noch ein Huhn aus dem Hühnerhof dazu."

„Nun los, da wollen wir uns jetzt beeilen!"

Ein lautes Schnalzen durchzuckte die Luft, der Hengst nahm Geschwindigkeit auf.

Die Hügel rings um *Venasque* waren geschwungen, wie der Körper einer Jungfrau und die Zypressen stakten in tiefem Grün gegen einen meerblauen Himmel. Vom *Mont Ventoux* wehte ein kühlender Wind herüber auf die Felder und Wiesen des Landgutes von Eusebius. Neben dem Verwalter, einem stämmigen, rohen Klotz, der das Zupacken nicht scheute, gab es zahlreiche Beschäftigte in den Ställen und der Küche, auf den Feldern und Weinbergen. Es gab ein Haus für die Bediensteten und ein Herrenhaus mit einem unüberschaubar weiten Garten, der sich endlos ins Tal hinein erstreckte und auf die beiden Ankömmlinge wie ein Überrest Edens wirkte. Die nächsten Wochen verbrachten Panini und Eusebius meist in diesem Garten unter den Bäumen, die von der Last der Früchte gebeugt, reichlich Schatten warfen.

„Wie konntest Du, Eusebius, nur diesen Ort verlassen? Nicht im Paradiese kann ich es mir schöner vorstellen."

„Jetzt sehe ich es auch, und ich bin Dir dankbar, mein Freund, dass Du mir zu der Flucht verholfen hast. Jetzt will ich hier nie wieder weggehen und Du kannst bei mir bleiben, Du siehst das Land gibt uns mehr, als wir beide zusammen zu verzehren im Stande sind."

„Welch großzügiges Angebot, mein Freund! Ich will es gern noch eine Weile in Anspruch nehmen, doch Du weißt, ich bin auf dem Wege nach Paris. Die Reise mit dem Zirkus hat mich weit von meinem Weg abgebracht, doch ich werde eines Tages abreisen müssen."

„Bis dahin wollen wir die Dinge dieses wunderbaren Ortes genießen."

„Ja, lass mich deine Bibliothek noch ein Weilchen durchstöbern, deine köstlichen Speisen genießen! Noch nie verbrachte ich so glückliche Tage."

„Ja, mein Freund, und für den heutigen Abend haben sich die *Jungfrauen von Malmort* angekündigt. Auch diese Freude sollt ihr wohlwollend bedenken."

„Du meinst es gut mit mir, doch Du weißt, mich langweilt das Gespräch mit Jungfrauen für gewöhnlich sehr."

„Warte ab, Panini, auf das Gespräch soll es nicht ankommen."

Der Mond war im Begriff sich zu erneuern und vermochte also nichts beizutragen, was die kommende Sache erhellen würde. Die *Jungfrauen von Malmort* waren eingetroffen und das reichliche Gesinde, das eben noch beflissen die Tafel richtete, verzog sich in die Dunkelheit des Gartens, wohin der Schein der Fackeln und Kerzen nicht drang. Wie hilfreiche Geister standen Mägde und Diener dort unsichtbar bereit, um für die Dauer der Gesellschaft jedem die Wünsche von den Augen abzulesen. Panini gab sich von Anfang an gelangweilt. Er kannte die aufdringlichen Jungfrauen aus zahlreichen Büchern. Die eine ist eine intelligente, aber bäuerliche Natur und ohne Ablass neugierig an allen Dingen und fragt nach jeder Sache: „Was ist das?" Die zweite war zugegebener Weise eine überaus ästhetische Erscheinung und gab sich mütterlich, als würde sie einem permanent die Beichte abnehmen wollen. Die dritte hatte ein unangenehm spitzes Kinn, war dennoch eine schmucklose Schönheit ohne Gleichen, allerdings kannte sie nur die feinen Sitten, um die Dinge war sie nicht sehr bemüht. Sie hießen Eva, Maria und Calvina. Eusebius lud sich die Drei gern zu Tisch, er liebte ihre Aufdringlichkeit und ließ es sich gefallen, von ihnen verführt zu werden. Ihre Erscheinungen waren ja unbestreitbar in der ganzen Gegend die betörendsten. Gerade das wäre ein guter Grund gewesen, daran zu zweifeln, ob es noch ihr Recht ist sich Jungfrauen zu nennen. Um die Frage, ob es nicht Eusebius´ Sorge war, diese Ungereimtheit endgültig zu klären, kreisten in der Gegend allerhand Gerüchte. Einen Versuch ihre Unschuld zu prüfen, war ihm jedoch noch von niemandem nachgewiesen worden. Entweder ließ er sich unerhört viel Zeit, oder es ging ihm nur um den Reiz des Möglichen. Das Geheimnis, das die Drei zudem so anziehend machte, wollte Eusebius eher bewahren, als aufdecken. Die Unschuld zu verlieren, war sicher nicht der Grund ihres häufigen Auftauchens auf dem Landgut. Panini hingegen stand nicht auf plumpe Abwechslung und vordergründige Reize. Er konnte nicht nachvollziehen, was Eusebius an ihnen fand. Das Rätsel schwebte auch an diesem Abend latent vernehmbar über der Tischgesellschaft. Müssten im Laufe der Jahre nicht zahllose Schürzenjäger unter ihre Röcke gekrochen sein. Geradezu hurenhaftes Benehmen musste Panini an diesem Abend sich ansehen. Jede von den Dreien musste leichte Beute sein für jeden geilen Bauernsohn oder dahergelaufenen Don Juan. Vielleicht zu leicht, dass geradezu reizlos? Panini wurde von der bäuerlichen Eva und der mit dem spitzen Kinn regelrecht in die Mangel genommen. Die eine saß ihm zur Rechten die andere gegenüber. Eusebius hatte an der Stirnseite des Tisches Platz genommen zu beiden Seiten eine aus *Malmort*. Man zögerte nicht lange mit dem Auftragen der Speisen und die Miene Paninis erhellte sich spontan. Die Suppe nahmen alle schweigend zu sich und während der Vorspeisen, von denen nicht wenige gereicht wurden, sprach nur Eusebius mit den drei Damen. Panini vertiefte sich in die Teller. Es schien, als habe er sein Vergnügen für diesen Abend dort für sich entdeckt, bis schließlich einer der drei Gäste stichelte: „Sehr schweigsam, Ihr Freund", hat die tolldreiste Bäuerliche ihn angeschossen. „Er ist im Umgang mit Frauen wohl nicht sehr geübt?", führte Eva kichernd den Angriff fort. „Er ist nicht verheiratet, wenn Ihr das meint", erklärte Eusebius, „aber lasst ihn doch selber sprechen." Panini setzte zur Antwort an, doch Eva ließ ihn nicht zu Wort kommen: „Was nicht ist, kann ja noch werden? Ja zumindest wollen wir es hoffen, sonst wäre diese wunderbare Mondnacht doch völlig vergebens, nicht wahr?" Sie ergossen sich in Gekicher „Er hat doch eine handliche Größe, da wäre es doch gelacht, wenn wir ihn nicht gesprächig machen könnten", gackerte Calvina dazwischen. „Jetzt hast Du ihn verärgert, Calvina. Jetzt wird er gar nicht mehr mit uns sprechen", fügte Maria gespielt mitfühlend hinzu. „Meine Damen, ihre kokette Art überrascht mich zwar nicht, aber meine natürliche Abneigung der Heuchelei gegenüber bewahrt mich vor Verlegenheit und Kränkung", parierte Panini. „Oho, ein Macho, sieh an, sieh an", echauffierte sich Eva. „Nein, sie verstehen nicht, liebe Eva. Ich halte nichts von Frauen ..."

„Er ist schwul", unterbrach Maria ausgelassen. Panini wandte sich ab, gab sich wieder ganz seinen Nudeln hin, die ihm eben einer der Diener vorgesetzt hatte. Eusebius war erstaunt und er musste etwas tun, um den Abend nicht in dieser gereizten Stimmung gänzlich untergehen zu lassen. Er hatte nicht geahnt, dass Panini ein Problem mit Frauen hat. „Ich habe kein Problem mit

Frauen, Eusebius, verstehe mich nicht falsch", kam Panini ihm zuvor, „Ich halte lediglich nichts von Schein und falschem Gehabe. Im Nachhinein, wenn die Form erst einmal abgelegt, entpuppt sich meist das plumpe Werben. Die Freundlichkeit gespielt, halte ich nicht für legitim, wenn es eigentlich nur um Befruchtung geht. Fortbestand ist aller Antrieb, doch als unbeschriebenes Blatt kommt sie sich nackt vor. Weißt Du, mein Freund, ich finde alle drei Jungfrauen, die Du hier an deinen Tisch geladen, äußerst attraktiv. Nur weiß ich nicht, weshalb ich mit ihnen Konversation betreiben sollte. Im vorliegenden Fall würde ich mit Vorliebe nach dem Essen, in jede von ihnen einmal eindringen, wenn Du gestattest", und an die Jung-frauen von *Malmort* gewandt, „und ich weiß nicht, mit welcher von Euch Dreien ich beginnen würde." Die Jung-frauen erblassten ob dieser Dreistigkeiten und starrten sich gegenseitig an. Noch bevor sie sich gefasst hatten, setzte Panini nach: „Und noch etwas, Eusebius, ich halte die Wette, keine einzige von ihnen ist noch Jungfrau, wie sie es zu behaupten wagen."

„Panini, ich bin sehr erstaunt über deine Offenheit. So wusste ich auch nichts von Deiner Frauenfeindlichkeit, die der eines Anti-Materialisten in nichts nachsteht. Ich muss mich denke ich bei allen entschuldigen, dass ich dieses Treffen herbeiführte."

„Wir sind nicht aus Pappe, fuhr Calvina dazwischen, „mein guter Eusebius, wir vertragen einiges, war uns doch in unserem langen Leben schon einiges zugemutet. Wir haben doch selbstredend Verständnis, dass unser verehrter Herr Panini sich ganz der Geisteswelt ver-schrieben hat, wie alle ja schon zu berichten wissen. Ich verstehe sehr gut, nur ein unbeweibter Mann kommt der reinen Intelligenzen gleich und kann ein Heros sein; ein

Halbgott: *qui non duxit uxorem.*[10] Doch ist es eines Philosophenkönigs nicht würdig, und um keinen geringeren handelt es sich wohl hier, dass er die Frau an sich herabwürdigt. Seiner Imagepflege zum Trotz, stände es ihm gut, sich ihr, philosophisch zu nähern."

Eusebius stand der Mund offen. Seine Verwirrung zu unterdrücken, stand nicht mehr in seiner Macht. Welch Disputation hatte sich da entwickelt? Wer redete hier von einem Philosophenkönig?

„Et os vulvae nunquam dicit, sufficit"[11], zischte Panini schmatzend. Mit einem abgenagten Fußknöchelchen seines Kapauns in der Luft dirigierend, hob er an: „Davon solle gar nicht die Rede sein! Die Frage, ob ich Materialist oder Anti-Materialist bin, ist an dieser Stelle wahrlich nicht angesagt, das wäre zu viel, des Guten."

„Wie meinst Du das, mein Freund", staunte Eusebius, der jetzt langsam begann seine Fassung wieder zu gewinnen, „Du musst dies ausführen, das kannst Du nicht stehen lassen, meine Gastfreundschaft steht auf dem Spiel!"

Panini fügte sich und führte mit ruhiger Stimme weiter aus:

„Nichts, aber auch gar nichts, habe ich gegen die Frau an sich gesagt. Nur, ich kann mich auf das Spiel der Frauen im Speziellen nicht sorglos einlassen. Der einen steht der Sinn nach Ordnung, der anderen nach der Sitte, der dritten nach Intellekt, weil sich eben jede gerade nicht aufs Frausein einlässt. Sie hauen sich eine jede mit einem Schlachtbeil ihren Teil vom Ganzen und tragen ihn zu Markte, um zu verschleiern, was die eigentliche Botschaft ist. Nein, sie glauben, sie stände ihnen zur Verfügung, um

---

[10] „der sich keinem Weibe verbunden hat"

sich mit ihr zu kleiden, ihren Anmut herauszuputzen. Wie gern würde ich mich auf ein Weib einlassen, wenn ich denn nur eines träfe, das ganz Weib sein will." Bei diesen Worten erhob er sich und schritt um den Tisch. „Aber sieh doch, wie steht es mit Eva? Das ewige Geplapper, will einem schnell auf den Geist gehen. Und Besserwisserei finde ich dabei noch nicht einmal abstoßend. Der täglichen Lebensführung noch kann sie eine Wissenschaft abgewinnen. Was soll es beweisen? Gelehrsamkeit? Interesse? Und siehe hier, die liebreizende Calvina, ein außergewöhnliches Geschöpf, will sich vor guten Manieren schier den Hals beim Suppe löffeln brechen. Ihrem lippenlosen Mund kommt kein Tropfen aus! Sie beherrscht jede Bewegung, wie aus dem Schulbuch, und dabei entweicht kein Laut der Wollust, kein Schmatzen, Röcheln oder Stöhnen entkommt ihrem schlanken Hals. Doch frage ich mich, schmeckt es ihr denn auch? Man wird die Antwort nicht erfahren, ist sie doch auch ihr selbst nicht bekannt! Da will Jedermann doch das Gefühl vermissen, nicht wahr? Wem das nicht passt, kann man einwenden, der fällt sicher denn auf Mariechen herein. Sie liebt die Ordnung und das Haushalten, sie akzeptiert den Mann über ihr und den Burschen unter ihr! Allerdings ohne die Beichte der Vorlieben geht bei ihr überhaupt nichts vonstatten, doch mit, da geht so manches! Auf die Botschaft würde sie gut und gern verzichten. Sie ist ihr nur Mittel zum Zweck. Wem es um den Inhalt geht, der kann sich ja an Eva wenden. Und so geht im Kreise, wer ein Ganzes will, nur das Frausein wird er missen. Mit den Worten der Alten sprecht ihr – um keine Ausrede verlegen – das Frausein sei vom Wesen her unsichtbar, nur

---

[11] „Und niemals sagt der Mund der Vulva: Es ist genug."

Möglichkeit! Doch frage ich Dich, Eusebius, soll man sich deshalb drei Jungfrauen anschaffen, um zu hoffen, mit einer ganzen Frau zu verkehren? Sag Eusebius, verstehst Du, wie ich's meine? Nichts gegen das Frausein an sich, doch wo ist die, die es sein will?"

Für kurze Zeit lähmte betretenes Schweigen die Tischgesellschaft. Panini war die Kehle ausgetrocknet von seiner *explikatio*, so nutzt er die Stille und leerte sogleich eine Flasche von dem Roten in einem Zug und kippte mehrere Karaffen Wasser hinterher. Die Jungfrauen musterten sich verstohlen und unauffällig gegenseitig, wie es schien mit neiderfüllten Blicken. Eusebius liefen Schweißperlen von der Stirn. Er glaubte zu wissen, dass es jetzt ein jähes Ende nehmen würde mit der Gesellschaft und suchte verzweifelt nach der Möglichkeit, dieses Ende wenigstens noch zu beschönigen.

20. KAPITEL

In dem Eusebius die Notwendigkeit für gekommen sah über die Ehe zu referieren

„Mit der Ehe zwischen Mann und Frau", begann Eusebius, um die Nacht zu retten, „verhält es sich wie mit dem Himmel und der Erde." Er erhob sich und erlaubte sich mit überbordender Gestik seine zutiefst philosophisch angelegten Worte zu untermalen. „Wir bewundern das Blau des Himmels und sehnen uns nach dem Grün der fruchtbaren Erde." Die Ahs und Ohs der Damen unterbrachen nach jedem Satz seine Ausführungen, wohingegen Panini dem Schlafen näher war, als dem Wachen. „Luftige Ideen des Blaus stehen gegen das erdige Grün. Und die größten der Künstler behaupteten, dass Grün und Blau nicht zusammen passen würden. In ihrer Farbenlehre prophezeien sie deren Disharmonie. Man fragt sich, haben diese Geister nur eine Leinwand dort, wo andere Hirn besitzen, blicken sie nie aus dem Fenster? Dann müssten sie sehen, dass bei keinem Blick, uns das Grün der Natur ohne das Blau des Himmels gegeben ist. Und, frage ich, hat sich je einer daran gestört? Im Gegenteil, nichts schätzen die Menschen höher, als den Anblick der Natur! Und immer steht Grün neben dem Blau, und der Himmel trifft auf die Erde, und das Grün der Erde streckt sich bis ans blaue Firmament. Wie steht es mit der Richtigkeit der Farbenlehre, frage ich Euch?"

„Aber eines müsst ihr zugeben lieber Eusebius", entgegnete der angetrunkene Panini, „wohl stehen Grün und Blau nebeneinander und offensichtlich gehören sie zusammen, da hast Du zweifellos Recht. Doch wie es mit der Harmonie steht, das hast Du noch keineswegs beantwortet, nur betont, dass sie nicht ohneeinander können. Ich sehe ebenso, wie Du, die Farben nebeneinander stehen, aber, mein Freund, sie vermischen sich nicht! Nein, sieh genau hin! Es ist allerhand, genau besehen berühren sie sich nicht einmal!"

Ein tief grummelndes Uh der Damen durchfuhr den Garten.

„Sie stehen auf ewig getrennt nebeneinander. Kein Weg führt dahin, dass Grün und Blau zusammenkommen, selbst wenn sie untrennbar zusammen gehören! Das ist die ganze Wahrheit über das grün-blaue Wunder der Ehe, mein Freund."

Er ließ sich in seinen Sessel plumpsen und verdrehte die Augen, die drei Jungfrauen saßen konsterniert, wie in Trance versetzt, und Eusebius, der immer noch am Kopf der Tafel stand, war unschlüssig darüber, ob sein Vortrag soeben ad absurdum geführt, oder nur um die fehlende geniale Pointe ergänzt worden war. Er musterte den Kleinen und blickte ihn zunehmend amüsiert an. Einerlei, der Abend war gerettet, alles lachte, wie auf Kommando los. Eusebius klatschte in die Hände, dass es durch den Garten und die Nacht schallte und rief mit freudiger Stimme: „Tut mir die Freude, lasst uns zum Ende noch die Musikanten hören!" Und sogleich begannen in der Dunkelheit des Gartens verborgen, dreizehn Instrumentalisten ihr Spiel. Der Beklemmung war die Macht genommen und der Nacht verschaffte es eine unerwartete Wendung. Die drei Jungfrauen, schienen urplötzlich wie aus ihrer Zurückhaltung gerissen, sprangen auf und drängten sich um Paninis Stuhl. Wie aus einem Halse riefen sie, einer Drohung gleich, in die Nacht: „Dann müsst Ihr eben mit uns Dreien tanzen!" Sie rissen den leblosen Wicht vom Sessel und Maria warf ihn sich an die Brust, dass er sich an seine Mutter Ikea erinnert fühlte. „Das Spiel soll entscheiden, nicht die Vernunft, ob ihr denn eine Frau am Sein erkennt", flüsterte sie mit heißem Atem und der Bestimmtheit derjenigen, die nie aufgibt, ins winzige Öhrchen des Überrumpelten.

21. KAPITEL

Wie Panini schon frühmorgens sich in Phantasmagorien verlor und beschloss endlich nach Paris zu gehen

Der Autor fühlt sich von Attacken der Müdigkeit verfolgt und versucht sich mit Hilfe seines Helden den Schlaf vom Hals zu schütteln. Seinem Helden wiederum, der sich, nach dem ausgiebigen Urlaub in die Sphären der Weiblichkeit, am Morgen danach, den Schädel rieb, in welchem er ein dumpfes Brummen wahrnehmen konnte, war, als wäre die Gelegenheit gekommen, auf sein Innerstes zu hören. Weißes Rauschen drang ihm ins Hirn, durchsetzt von den tiefen, knurrenden Bässen seines Magens. Viel war nicht zu holen, aus seinem Inneren. Wer ausgiebig zur Nacht diniert, muss morgens reichlich frühstücken. Nach dieser Devise, wollte er fest entschlossen einen neuen Tag beginnen. Eusebius ließ sich in Sachen Gastfreundschaft nichts nachsagen. Auf leeren Magen, wie Ihr Euch denken könnt, schreibt sich solch ein Kapitel nur mit äußerster Disziplin. Man speiste nämlich fürstlich im Hause Eusebius. Nicht etwa von den reichen Resten, sondern von exotischem Gewächs und unbekanntem Tier. Schüsseln, Teller, Krüge, Tafeln und Tabletts voll mit allem, was das Paradies zu schenken vermag.

„Es war Dir dann doch noch ein Vergnügen, die drei Jungfrauen zum Tanz zu bitten, Panini?!" Eusebius lachte. „Ein Tanz, mehr nicht! Zuviel Wein … und ich behaupte dennoch, steifer als zuvor: Jungfrau ist keine mehr von diesen Weibern!"

„Das glaubt hier bei uns auch keiner wirklich", lachte Eusebius, erneut nicht ohne ein Quäntchen Hohn und Spott, „man darf es nur nicht offen aussprechen. Das ist das ganze Geheimnis. Dann geht der Reiz verloren. Du verstehst?" Der Gutsverwalter klopfte und stand auch schon mitten im Raum: „Ihr Gepäck ist verstaut, Herr Panini. Alles steht zur Abfahrt bereit." Eusebius fuhr erschrocken herum: „Davon wusste ich nichts, mein Freund."

„Ich wollte den Abschied verkürzen. Ich habe gestern Nacht noch die Vorbereitungen zum Aufbruch getroffen."

„Was macht Deine Reise für einen Sinn, Panini? Ist nicht alles hier so erdenklich gut eingerichtet, dass man sich keinen Grund vorstellen kann diesen Ort zu verlassen? Bleib, mein Freund, Du bist herzlich eingeladen, auf immer!"

„Vergiss nicht, Eusebius, auch Du bist ausgezogen, um Dich einem Zirkus anzuschließen. Und niemand könnte Dich besser verstehen als ich. Die Reise macht gewiss nie einen Sinn, aber man muss sie dennoch bis zum Ende führen."

„Kein Ort der Welt kann Ziel einer solchen Reise sein?" Panini sah ihn mit tiefem Blick an und hielt mit dem Schmatzen inne: „Ziele sind nur ein Grund, um aufzubrechen."

„Welches Ziel hast Du, mein Freund, wenn ich fragen darf?" Lange schwieg der kleine König jetzt, als dächte er zum ersten Mal darüber nach, was natürlich keineswegs zutraf. Aber vielleicht war das Resultat seines Nachdenkens diesmal ein neues. Ist es nicht so, dass man über Fragen nicht nur einmal nachdenken sollte, sondern viele Male, und wenn man dies tut, feststellt, dass man jede nur erdenkliche Antwort bekommt, wenn man es nur oft genug anstellt?! Jede einmal erlangte Antwort entpuppt sich als Tautologie und als Voraussetzung des Fragematerials für die nächste Runde. Ach, was ist nur in uns, respektive ihn gefahren? Alles drehte sich im Kreis, die Müdigkeit kehrte zurück und bohrte ihre unbezwingbaren Klauen in seine Schädeldecke.

„… mein Vater …", quetschte er hervor, „ich denke ich suche meinen Vater", sprach er auf die Schüssel mit Haferflocken ein. Der Brei hörte aufmerksam zu und grinste ihn verständig an. „Ich werde Dich begleiten! Du wirst ohne mich nicht weit kommen!"

„Wie kommst Du denn darauf", erboste sich Panini, „Du bist ein dummer Haferbrei, was willst Du mir anzeigen?"

„Ich werde dafür sorgen, dass Du nicht wieder vom Weg abkommst. Wolltest Du nicht nach Paris? Und wo bist Du gelandet?"

„Im Paradies du dumme Haferschleimgrütze!"

„Eben, und nun willst Du nicht wieder weg. Siehst Du, so kann es gehen, wenn man sich verläuft. Und deshalb komme ich mit, um Dir im rechten Augenblick einen Tritt in den Hintern zu geben, damit Du mir nicht träge wirst. Ich werde Dein Dich immer umsorgender Haferflockenbrei sein. Ich werde Dein Gewissen sein, werde Dir den rechten Weg weisen und …"

„Du weißt, wo mein Vater ist!?", unterbrach Panini die sabbernde Schüsselfüllung.

„Ich wusste bis eben noch nicht einmal, dass Du ihn wahrlich suchst, aber ich werde einmal nachdenken, gib mir etwas Zeit, dann werde ich sehen, ob ich …"

„Ich hasse Haferflocken." Die Schüssel erhob sich, flog unversehens davon und zerschellte neben der Tür.

„Das wusste ich nicht. Aber es ist doch kein Grund so temperamentvoll den Morgen zu beginnen, mein Freund. Ich werde anweisen, Dir etwas anderes zum Frühstück zu servieren." Panini starrte Eusebius tief in die Augen. „Begleite mich, mein Freund! Nichts würde mir mehr Freude bereiten!"

Die Bediensteten trugen auf, was die Keller und Vorratskammern hergaben. Unter Bedauern, dass ihr Herr sie schon wieder verlassen würde, versicherten sie ihn der Treue und Pflichterfüllung und der wachsamen Sorge für Haus und Ländereien, bis er wieder käme. Zum Abschied bat Eusebius sie alle zu Tisch und so reihten sich Magd, Bauer, Verwalter und Köchinnen aneinander. Man schob sich die Fressalien gegenseitig in den Mund, trank zum

Wohle der Aufbrechenden, wie zum Wohle der Zurück-
bleibenden, bis sie allesamt gestopft dalagen, wie die
Mastgänse und ihren Brunch mit einem ausgiebigem Mit-
tagschlaf krönten. Knapp zwei Tage später, Eusebius hatte allerhand noch zu verwalten und zu erledigen – war
doch die Dauer der Reise ungewiss –, saßen die beiden
Helden dann auf ihren Rössern und hatten vorerst nur
noch eins im Visier: Paris.

22. KAPITEL

*Wie Panini und Eusebius in das altehrwürdige Paris
einmarschierten und beim Anblick des Verfalls nicht
verhindern konnten sich zu übergeben*

Was sich dem Auge bot war kaum fassbar, von bar-
barischem Ausmaß und für zivilisierte Geister kaum ver-
daulich. So war es kein Wunder, dass die beiden Freunde
sich – beinahe wie abgesprochen – nahezu gleichzeitig
ihres Mageninhaltes entledigten. Kein Gebäude, das nicht
eine Zerstörung aufwies. Die Straßen und Gassen waren
löchrig, dass sie nicht mehr befahren werden konnten,
bestanden sie doch nur mehr aus aneinandergereihten
Kratern. Der Stahlturm des Herrn Eifel, schon immer nur
Gerippe, glich jetzt einem im Wurf erstarrten Mikado-
Spiel. Panini hielt auf Notre Dame zu, selbst nicht wis-
send, ob es dafür einen Grund gäbe. Er wollte nur seine
letzte Befürchtung bestätigt wissen: Dass auch am Heilig-
tum auf der Seine-Insel Verfall und Vandalismus ungehindert ihr Werk vollbracht hatten. Paris war sein Traum
gewesen. Hier war nichts mehr so, wie man es sich einmal
erdacht hatte. Schutt und Asche, wie man so schön sagt.
„Wenigstens Paris hätte nie sterben dürfen", war der Gedanken, der Panini durch den Kopf zuckte. Er war ratlos

und gleichzeitig war ihm überdeutlich klar, dass nur die Philosophen – wenn es sie noch gab – ihm erklären konnten, wie es dazu gekommen war. Er musste unbedingt zur Universität, die Philosophen aufsuchen. „Warum Paris? Warum lag die einst so strahlende Metropole, nun in Trümmern?" In ihm glimmte die erbitterte Absicht der Fratze der Ignoranz endlich den Garaus zu machen. Nur ihr konnte es zu danken sein, dass Paris auf so erbärmliche Weise dem Verfall überlassen worden war. An diesem Ort hatte der große Abaelard gelehrt, hier pochte einst das Herz des neuen Europas. Paris, das die Kultur aus der Antike in sich aufgesogen und fortgeführt hatte, lag jetzt darnieder. Panini musste erneut kotzen.

Nach Revolution war es Panini in diesem Augenblick zu Mute. Die Aggression wallte in ihm hoch. Im Vorübergehen drosch er mit zufällig bereitliegenden Gegenständen in die Trümmerhaufen, aber auch auf die Reste noch intakter Bauten hieb er ein. Er zog sich einen Baseballschläger aus dem Schutt und holte aus. Die bislang unversehrte Glaspyramide barst unter seiner Wut, auf dass sich nichts mehr in ihren eitlen Facetten zu spiegeln vermochte. Eusebius hatte ihn nicht gehindert, er war kraftlos angesichts der Ereignisse. Ein zum Himmel schreiendes Fauchen in Paninis Unterleib ließ die beiden aufhorchen. Sie sprachen kein Wort, stakten sprachlos an der von Kloake dampfenden *Seine* entlang, vorbei am *Gare de L´Est* zogen sie, aufs Übelste gestimmt, hinauf zum *Sacré-Coeur*, um auf *Montmartre* nach einer Gastronomie Ausschau zu halten, die ihrer Laune wieder auf die Sprünge helfen könnte. Hunger war noch ihr alleiniger Antrieb.

„Sag Eusebius, hast Du es auch bemerkt, dass wir seit unserer Ankunft in Paris unter Bobachtung stehen? Was sind das für unheimliche Fratzen, die uns an allen

Straßenecken auflauern und uns aus den Fensterhöhlen der Häuser verfolgen?"

„Ich denke, es sind die, die Dich erwarten", antwortete Eusebius.

„Sie haben sich versteckt, als ob sie uns misstrauten."

„Ist das ein Wunder, angesichts dieser Zerstörung? Das Elend hat sie zu lange missbraucht. Sie sind zu Recht misstrauisch. Meinst Du nicht?"

„Woher wussten Sie, dass ich komme?"

„Sie wussten es nicht, Panini. Sie haben es seit Zeiten inständig erhofft." Panini ließ gedankenschwer den Kopf hängen. „Wie lange hoffen sie schon?"

„Mach Dir darüber keine Gedanken, es spielt keine Rolle. Wenn Du nur noch die Hoffnung hast, spielt Zeit keine Rolle."

„Eusebius, mein Freund, warum um Gottes Willen, erwartet mich alle Welt? Wohin ich komme, sind die Hoffnungen auf mich schon da! Wer hat die Menschen auf mich vorbereitet? Wer steckt dahinter?"

Eusebius hatte sich beinahe an einem herabhängenden Schild den Kopf eingerannt. „Hier lass uns einkehren, mein Freund und bei einem ordentlichen Mahl weiter disputieren." Über der Tür des Bistros prangte ein Schild mit dem vielversprechenden Namen *Avec Sorbonne* unter dem hinzugefügt stand *Seit 1257.* „Komm weiter Panini, die Spelunke sieht drinnen einladender aus, als von außen."

Panini und Eusebius betraten ein beengend kleines, aber altehrwürdiges Bistro. Ohne die Karte auch nur zu lesen, bestellten sie sich unbesehen den gesamten Inhalt von Küche und Speisekammer. Getrieben von dem Wahn mit diesem Aufgebot an Speisen ganz Paris zu verschlingen, betäubten sie ihre Enttäuschung über die verwahrloste, von ihnen so verehrte Stadt. Noch den kleinsten Rest dieser einst so strahlenden Metropole wollten sie durch ihre Gedärme jagen und einen letzten Furz hinausblasen ins untergegangene Abendland. So zitierten sie nach zwölf Vorspeisen, vierzehn Hauptgerichten und dem landesüblichen Dessert-Büffet mit ungefähr zweihundertachtundzwanzig Köstlichkeiten des Landes schon in wesentlich gehobenerer Laune den Wirt zu sich. „Wie heißt Du, Wirt?", begann Panini. „Ich heiße Robert", antwortete der Wirt, der Panini nahezu auf Augenhöhe begegnete, aber um das mehrfache an Körperfülle ins Gespräch einbrachte, „und Ihr seid gute Esser. Seid mir aufs Herzlichste willkommen! Ihr seid gewiss nicht von hier?"

„Wie kommst Du darauf, mein Bester?" interessierte sich Eusebius. „Uns Eingeborenen ist der Appetit seit einiger Zeit vergangen. Ihr habt sicherlich auf eurem Weg durch die gelobte Stadt bemerkt ..."

„Schweife nicht ab, guter Mann", unterbrach Panini, aus Angst ihm könnte die Freude über das gelungene Mahl wieder versalzen werden. „Du bereitest gar köstliche Speisen. Du bist ein außergewöhnlicher Koch, das muss ich sagen! Würde es Dir wohl gefallen uns auch noch den Rest Deiner Speisekammer aufzutischen?"

„Meine lieben Herren, nichts, aber auch gar nichts ist mehr in meiner Küche, was ich Euch bieten könnte, es tut mir schrecklich leid", entschuldigte sich der sichtlich betroffene Gastgeber. „Aber mir, und ich denke auch Eusebius, meinem lieben Freund, wäre jetzt noch der Appetit nach einer kleinen Schinkenplatte, darum denke ich, Du solltest noch einmal nachsehen. In deiner Kammer hängt sicher noch eine Keule des besten *Sorbonner* Schinkens, wenn ich mich nicht irre!" Robert beginnt zu stottern: „Wie könnt ihr das Wissen, ihr habt Recht, meine Herren, das war keine Absicht, ich vergaß, ihr müsst entschuldigen, wie konntet Ihr nur wissen, was ich vergaß?"

„Lieber Robert, wir sind Männer des Geistes, und ... *dem Intellekt kommt es zu, Rechenschaft zu geben über abwesende Dinge, die durch zeitlichen Abstand und räumliche Entfernung von uns getrennt sind ...*, wie ein weiser Mann einst sagte. Drum geht los, bevor ich noch Hunger bekomme, und holt wovon ich Euch überzeugt habe."

Von hysterischem Gelächter getrieben, eilte der dicke Robert eine Platte vom herrlichsten *Sorbonner* Schinken zu bringen. Während Panini dem Fleisch nicht widerstehen konnte und sich über den Nachtisch hermachte, fragte Eusebius Robert nach einem Nachtlager: „Habt Ihr denn in Eurer schönen Hütte auch noch eine Unterkunft für zwei arme Philosophen?"

„Ah, verstehe, Ihr seid Angehörige der Universität. Da seid Ihr genau richtig, dieses Haus beherbergt seit vielen hundert Jahren Studenten und Magister."

„Das sind wir jedoch nicht", entgegnete Eusebius, „doch lassen sich unsere trägen Körper nach diesem ausgiebigen Mahl keine einzige Straße weiter bewegen. Habt Mitleid, wenn wir auch nicht von universitärem Stande sind. Wir sind nur einfache Autodidakten, doch es soll Euer Schaden nicht sein, wie Ihr gesehen habt, von uns isst jeder für Dreißig. – Nebenbei erzählt, lieber Wirt, von der Zerstörung. Wie kam es, dass Paris, das wir wenigstens so lieben, wie Du selbst, in Schutt und Asche fiel."

„Das Dreigestirn", warf der Wirt hastig und in Angst versetzt in den Raum, während er die Gäste nach oben begleitete: „Das Dreigestirn thront über der Stadt."

„Das Dreigestirn? Seit wann?", fragte Eusebius nach. „Schon seit vielen Jahren. Seit so vielen Jahren, dass schon niemand mehr lebt, der sich erinnern könnte, wann genau es war. Das Dreigestirn hat sich aller Geister bemächtigt und lebt in jedem Kopf fort. Wie von selbst! Es vermehrt sich, wie ein Geschwür und ist nicht mehr zu tilgen."

23. KAPITEL

In dem Panini ein traumatisches Erlebnis an einem mythischen Orte hatte

Panini erwachte in der Nacht unter schwerem Magendrücken. Der Gedanke an Entleerung ließ ihn pfeilgeschwind über den Flur eilen und als er auf dem Örtchen saß, kam es zu einem merkwürdigen Wachtraum. Im angrenzenden Zimmer war eine Stimme zu hören. Bald war ihm klar, dass er einem Dichter beiwohnte, der über seiner Arbeit meditierte. Da die Zimmerwände in Frankreich zu dieser Zeit, wie übrigens zu allen Zeiten, wie also als allgemein bekannt angenommen werden darf, die dünnsten Wände der Welt waren und sind, drangen jene Sätze eines Poems ungehindert durch die Nacht zu ihm auf die Latrine.

„Doch endlich, immer noch beim Schreiben,
allein, voll Hoffnung, Abend schon,
ließ die Legate ich nun bleiben,
ich hörte die Glocke der Sorbonne
bereits die neunte Stunde läuten,
den Engelsgruß, der Heil verkündet;
schon gut und Schluss mit diesen Seiten,
ich bete, wie im Herz sich´s findet.

Und so vergaß ich Raum und Zeit,
und trank doch nicht ein Tröpfchen Wein,
mir war, als wär ich nicht gescheit,
und Frau Memoria schloss ein,

dass sie im Schranke damit spare,
die Species collaterales,
Optinativa, falsche, wahre
Und andere Intellectuales.

Mit ihnen die Aestimativa,
die uns zur Prospectiva lenkt,
Similativa, Formativa,
auch sie noch mit hineinversenkt,
bis dass wir Menschen werden inne,
wie närrisch manchem unser Wesen.
So hab ich, wie ich mich besinne,
bei Aristoteles gelesen.

Dann wachte auf der Sensitiv
Und rief herbei die Phantasie,
zu wecken, was an Kräften schlief.
Sie hielt Verstand und Willen wie
erstorben schwankend in der Schwebe,
umwölkt sie mit Vergessenheit
und zeigt mir, da ich´s ja erlebe,
des Geisteskräfte Einigkeit.

Als sich entwirrte mein Verstand
und das Gemüt gelangt´ zur Ruh,
nahm ich mein Werk erneut zur Hand,
doch ach, das Tintenfass fror zu,
erloschen war der Kerze Schein,
es gab kein Feuer und kein Licht.
So deckte ich mich zu, schlief ein,
und anders schließen konnt ich nicht."

Panini war an Ort und Stelle in tiefen Schlaf gesunken und fand sich im Morgengrauen über dem Orkus

wieder; nur noch die Ahnung eines seltsamen Traums im Hirn, welche sich auch bald darauf noch verflüchtigte und die ganze Episode ins Vergessen schickte. Die Schmerzen im Unterleib hatten sich Gottlob verflüchtigt. Eusebius und er beabsichtigten baldmöglichst aufzubrechen, was sie nicht hinderte vorher bei Robert, der des nachts seine Kammern auf mysteriösem Wege wieder nachgefüllt zu haben schien, noch ausgiebig zu Frühstücken. „Ihr wollt gewiss zur philosophischen Fakultät, nicht wahr?", mischte sich der Wirt in der beiden Morgengespräch, währenddessen er ohne Unterlass Speisen auftischte. „Da drüben an dem Tisch, wenn ich Euch raten darf, sitzt ein Magister. So viel wollte ich Euch nur sagen, Francois heißt er, und De Montcorbier mit Familienname, wenn ich recht erinnere. Er hat schon manche Nacht bei mir verbracht. Er will für gewöhnlich seine Ruhe. Ein Schreiberling, und man sagt, er sei auch nicht ganz ungefährlich, ein wilder Brocken, ein Haudegen, dennoch, vielleicht, wenn ihr Euch getraut, kann er Euch behilflich sein und Euch zu Einlass verhelfen." Kaum geendet brach ein Bote in das Dunkel der Stube: „Seid gegrüßt meine Herren! Wohnt hier ein sogenannter Herr Panini, Philosoph seines Zeichens?"

24. Kapitel

In dem Panini unerwartet der Weg zum verdienten Preis verstellt wurde

„Einen Preis Panini, das ist phantastisch! Ich beglückwünsche Dich", jubilierte Eusebius, gänzlich außer sich vor Freude. Seinem Aufsatz, den er einst eingesandt, war von den Männern des Geistes höchster Respekt gezollt und mit dem ersten Preis bedacht, wie der Bote bereits verraten hatte. „Wie kannst Du nur so ruhig bleiben, wo wir jetzt auf dem Weg zum Rat der Akademie sind, wo wir aufs freudigste erwartet werden? Was bist Du so nachdenklich? Was lässt Du den Kopf hängen in solch einem Augenblick?"

„Eusebius, wir werden verfolgt! Bemerkst Du die Augen nicht, die uns durch jede der Gassen folgen? Ich bin nicht nachdenklich, ich habe Angst!"

Auf der Suche nach dem Vorsitz der Akademie, waren sie nicht unentdeckt geblieben. Keine Menschenseele war ihnen begegnet, dennoch konnte Panini die Anwesenheit der Bürger von Paris erahnen, die in den Trümmern der Stadt nach wie vor hausten. De Montcorbier ging ihnen einige Meter voraus und dirigierte sie durch ein Labyrinth von Gassen und Torwegen, Hinterhöfen und Schuttbergen. Er war nicht sehr gesprächig, was seiner unheimlichen Erscheinung noch unterstrich. *Ein echter Haudegen*, hatte der Wirt ihn noch vorgestellt, und er hatte sich nur widerwillig bereit erklärt, sie zur Akademie zu führen. Ihn hatten die beiden Fremden nicht weiter interessiert. „Die Gassen werden immer enger, mein Freund", ging ihn Eusebius von hinten an, den jetzt auch ein ungutes Gefühl beschlichen hatte. Der Hüne von einem Mann hielt an und wendet nur seinen Kopf: „Ihr wolltet auf schnellstem Weg zur Akademie. Der kürzeste Weg ist selten der bequemste. Seid beruhigt, nur noch wenige Meter und wir kommen auf die Hauptstraße des Viertels." Er sollte Recht behalten. Wenige Ecken später stießen sie aus dem Dunkel auf eine ehemalige Prachtstraße. Und mit einem Mal waren sie auch nicht mehr allein. Ein Aufmarsch von Bettlern, wie es schien, versperrte ihnen den Weg. In Lumpen gekleidet, schweigend und mit kaltem Blick umstanden hunderte Bürger von Paris die beiden Freunde. Sie wirkten, als wollten sie ihnen keinen weiteren Schritt mehr gewähren. De Montcorbier hatte sich wortlos verabschiedet. Ihn hatte die Menschenmasse augenblicklich verschlungen. Untergetaucht in der Menge von erbarmungslos anmutenden Gestalten, die es anscheinend nur auf Panini und seinen Freund abgesehen hatten. „Alles eingefädelt, oder nur ein Zufall?", zischte Eusebius. „Kein Zufall, aber auch nicht ausgeheckt", erwiderte Panini so leise, dass es nur der dicht bei ihm stehende Eusebius vernehmen konnte. In dem Moment, da die Menge sich in Bewegung setzte, fiel Panini die Überzahl an Frauen auf, die ihre dicken Bäuche vor sich hertrugen, direkt auf ihn zu. „Sie gehen alle schwanger", flüsterte Eusebius ihm ins Ohr. „Das ist doch kaum möglich, wir werden belagert von einer Horde von Schwangeren. Was hat das zu bedeuten, Panini?" In des Philosophenkönigs Kopf blitzten Bilder auf. Erinnerungen schwappten hoch und ein Blitzlichtgewitter zerstörte augenblicklich alles wieder. Undeutlich, unscharf und undefinierbar war alles in seinem Kopf zu einer unbekömmlichen Soße geronnen. „Ich kann es Dir nicht sagen, Eusebius. Ich ahne nur, es hat mit mir zu tun!"

„Was hast Du getan, was hast Du mir verschwiegen?"

„Ich wurde geboren!"

„Es ist nicht der rechte Zeitpunkt zu scherzen, mein Freund, aber ich sehe auch: Dies ist nicht der rechte Ort für ausführliche Erklärungen. Lass uns zusehen, dass wir einen Ausweg finden."

25. KAPITEL

Das Auge des Zyklopen und wie Paris von Panini gerächt wird

Als sich in Paris das Gerücht verbreitet hatte, dass Panini den Preis der Akademie erhalten würde, war der Verdacht untermauert worden, dass er wirklich der Philosophenkönig sein muss. Der Mob ließ nicht lange auf sich warten. Francois De Montcorbier hatte sich ein paar Goldtaler dazu verdient und der erregten Masse den vermeintlichen Erlöser in die Arme gespielt. Auf dem Hügel über der Seine befand sich die Universität. Als sie in die Rue ... eingebogen waren, hatten sie das ehrbare Gebäude der *Sorbonne* schon in greifbarer Nähe vor sich. Gerade hier, als die Masse werdender Mütter ihn und Eusebius stellten, verlor Panini die Kontrolle über seinen sonst so geschliffenen Verstand. In Form von autobiografischen Fetzen pulsierten Gedanken an alles bisher Erlebte durch seine Schläfen, dass es ihm den Schweiß auf die Stirn drückte. Seine Geburt hatte die Ereignisse ins Rollen gebracht. Seiner reinen Existenz wegen fand er sich jetzt umzingelt von Schwangeren, inmitten des ruinösen Stadtzentrums der Weltmetropole Paris wieder. Ohnmächtig sich seinem Freund zu erklären, ohnmächtig sich geordnet zurück zu erinnern, unfähig sich in unvordenkliche Sphären zu katapultieren, spürte er nur mehr den Boden unter seinen Füßen wanken. „Wir sollten weitergehen, sie greifen nicht an", hörte er seinen Begleiter aus dem Mundwinkel wispern. Sie setzten sich in Bewegung und schritten stoischen Blickes an der Phalanx der Schwangeren geradewegs vorbei.

Als Panini und Eusebius die Stufen zum Universitätsgebäude erreichten, interessierte Panini sich nur noch für die Halbkugel auf dem Dach desselben. Er hielt inne, trat vor den Toren einen Schritt zurück. Er verzichtete einzutreten und erklomm stattdessen die mit reichlich Zierrat überzogene Fassade und schließlich das Dach des mächtigen Bauwerks, das an exponierter Stelle der Stadt die Krone aufsetzte. Unter Ausrufen des Erstaunens und der Bewunderung erreichte er die geschlitzte Kuppel der *Sorbonne*, auf die Panini es abgesehen hatte: das Observatorium. Er öffnete von Hand gewaltsam die segmentförmigen Schiebetore, die schließlich der rohen Gewalt nachgaben, zu Bruch gingen und mit Getöse nach unten in die Menge fielen, was nicht ohne Opfer abging. Aus dem Halbdunkel der Observatoriumskuppel stand ihm ein zyklopisches Auge entgegen, das ausgerichtet war in den Weltenraum, nun aber nichts Besseres zu tun hatte, als einen Erbsenkopf in eine monströse Fratze zu spiegeln, welche sich langsam zu einem befriedigenden Grinsen verzerrte. Panini machte sich über das Okular her. Er entnahm dem Auge die Linsen, er stahl mit ungewohnter Geschicklichkeit dem Zyklopen die Sehkraft. Über denselben Weg, den er gekommen war, verließ er den Ort der Verwüstung. Mit Genugtuung und dem Gefühl der erfüllten Rache, hinterließ er die ausgeweidete Augenhöhle, hilflos geblendet in den Himmel stierend und bot der mittlerweile dürstenden, aufrührerisch grölenden Menge vor der *Sorbonne* deren ausgestochenes Auge dar. Die Masse jubelte.

26. KAPITEL

Über die Wissenschaft oder wie Panini vor der Akademie seine Dankes-
rede hielt

Panini empfand Demut, als er die ehrwürdigen Räume betrat, die leider von einer vergangenen Welt kündeten. Die Wegweiser deuteten noch immer in die gleiche Richtung wie ehedem, nur war mit Sicherheit das Ziel verschwunden. Er folgte den Geräuschen, die er jetzt in dem ansonsten totenstillen Gemäuer vernehmen konnte. Es waren die Worte eines Disputes, die er als Raunen gut wahrnehmen konnte, aber kaum zu dechiffrieren vermochte. Noch sah er keinen Menschen, nur ihre Stimmen hallten in den überdimensionierten Gängen und Treppenhäusern wieder. Wenn er nicht sicher wäre, dass alle Anwesenden auf sein Erscheinen warteten, dann hätte er es jetzt mit der Angst zu tun bekommen und wäre vermutlich auf der Stelle umgekehrt. Doch wollte er keinesfalls riskieren, seine gut vorbereitete Dankesrede an die Männer zu bringen.

Nachdem Panini in einer gestrengen Laudatio von der Jury noch einmal die Leviten gelesen worden waren, war es endlich an ihm, sich vor dem Preisgericht zu rechtfertigen: „Der Preis wurde mir zuteil, wie ihr verlauten ließet und nicht versäumtet deutlich zu betonen, obwohl und nicht, wie ich denke, weil meine Worte Tiefe vermissen lassen. Mein Thema sei nur angerissen, da stimme ich Euch zu. Doch will ich darin keinen Makel erkennen. Denn in Zeiten der Veränderung nutzt es nichts, in die Tiefe zu bohren und sein Haupt strebsam zu versenken in Bergen von Details. In Zeiten der Notwendigkeit hilft nur ein Verknüpfen möglichst vieler zu erhaschender Sachverhalte. Die verdammte Furcht vor dem Zufall sitzt Euch noch immer in den Knochen. Alles könnt ihr ertragen, ob Pest oder Krieg, Unzucht oder Korruption, aber Unordnung ist Euch noch immer unerträglich! Jetzt, da ihr es mit eigenen Mitteln bewiesen, und es von niemandem mehr bestreitbar ist, dass der Zufall unsere Welt bestimmt, da haltet ihr lieber fest an den immer gleichen Bahnen der Planeten und Gestirne.

Und ich kann mich nur mit größter Bescheidenheit bedanken und gleichzeitig Euch zu großer Weitsicht beglückwünschen. Ihr habt ein gutes Urteil gesprochen, Ihr habt den Richtigen auserwählt, wenn auch gegen Euren Willen. Am Anfang jeder Zeit, steht einer, dessen Welt die Weite ist, nicht die Tiefe, der alle Gegensätze in sich zusammen zurrt. Mag sein mit diesen Worten stelle ich mich unbescheiden in eine Reihe unerreichbarer Persönlichkeiten, darum will ich hier enden mit dem Eigenlob und viel lieber, wie es meine Absicht ist, den unliebsamen neuen Worte zu ihrem Recht verhelfen."

„Lasst mich ein Wort einwenden", warf der, sichtlich mit den Nerven ringende, Vorsitzende ein, „Weshalb der Rat sich zögerlich gab ist die Tatsache allein, dass Ideen erwiesener Maßen keine Macht besitzen."

„Dann sehe ich mich genötigt, weiter auszuführen, verehrte Herrschaften. Das kann nur behaupten, wer die Welt in Teilen sieht und mein Gehirn neben meinen Körper stellt. Doch bin ich, wie mein Gehirn aus Fleisch und Blut und eins, welches Ideen hat und handelt. Die Ideen lassen sich nicht lösen von dem Körper und dem Handeln, des Wesens, der sie hat. Mit anderen Worten: Ich bin Esel und Kutscher in einem! Was ich sagen will: Letztendlich ist eine Idee nichts anderes, als eine Rute, an der eine angebundene Karotte baumelt, die man dem Grautier vorhalten muss, um es zu bewegen. Es wird loslaufen und die Karotte mit sich führen, und es wird die Karotte, wie die Idee nie erreichen! Doch sind sie beide notwendig, um den Karren, in dem man sitzt vom Fleck zu bringen! Und lasst Euch nicht täuschen: Der, der die Rute hält, weiß für gewöhnlich, dass der Esel nicht an die Karotte herankommt. Vorwärts kommt man nur, weil der Esel daran glaubt!"

„Ihr wollt uns alle zu Euren Eseln machen?!", erhob sich eine aufgebrachte Stimme aus der Jury.

„Was haben wir uns da angetan, einem solchen Narren einen Preis zu verleihen", schrie ein anderer dazwischen.

„Unser Ruf ist ruiniert. Ich habe Euch gewarnt, nur Scharlatanerie, alles Scharlatanerie!"

In diesem unentschiednen Moment trat der greise Saaldiener herbei und kniete sich neben Panini nieder, um ihm zuzuraunen: „Nun wäre es an der Zeit hinzugehen und Euch den Preis zu schnappen, der Euch zusteht, ehe es sich die hohe Jury noch einmal anders überlegt. Es sieht nämlich nicht gut aus mit dem Verständnis, das lasst Euch gesagt sein! Lasst unbedingt weitere Ausschweifungen Eurer Besserwisserei!"

„Wo ist der Preis, ich kann ihn nirgendwo erkennen!", gab Panini brüsk zurück. Der alte Saaldiener wandte sich um und zeigte verstohlen zur Tür, dass es nur Panini sehen konnte. „Dort ist Euer Preis! Lasst nicht zu, dass sie ihn Euch wieder nehmen!" Der Alte grinste, sah Panini liebevoll lächelnd an.

„Wer seid ihr? Wie kommt ihr dazu, mir zu …"

„Geht, ehe es zu spät ist! Das ist mein Rat."

Panini rannte los, ergriff nebenbei Eusebius am Umhang und riss ihn mit sich, hinaus auf den Korridor. Hinter sich hörte er die Stimme des Alten rufen: „Du kannst mich Peter nennen!"

Wie die zwei Weggefährten sich, wortreich um Demokratie bemüht, gar blind durch endlose Wälder schlugen

Die Flucht war gelungen. Die beiden schafften es tatsächlich ungesehen Paris zu verlassen. Panini dachte währenddessen unweigerlich an den großen Petrus, den aufzusuchen er sich eigentlich vorgenommen hatte, wäre der Besuch in Paris verlaufen, wie er es sich ausgemalt hatte. Er hatte beabsichtigt ihn zu konsultieren, – wegen der scholastischen Merksätze, die ihn nächtens immer noch verfolgten. Das Schicksal wollte es ihm wohl nicht gönnen, mehr als einen gutgemeinten Ratschlag von ihm zu ergattern, noch ehe er ihn wirklich erkannt hatte. Von den Ereignissen gezeichnet streiften sie, um einige Erfahrungen reicher, durch die Wälder rund um die Weltmetropole, die wie bekannt sein dürfte von unglaublichem Ausmaß waren, so dass man eigentlich nie jemandem begegnete, obgleich sie doch so manchen Stadtrand-Idioten beherbergten. Die beiden Freunde hatten trotz ihrer Erholungsbedürftigkeit weder Muße auszuruhen, noch das Verlangen sich um Kräuter und Eichhörnchen zu scheren. Sie wanderten vorwärts gewandt, ohne das Leben in diesem Schattenland wirklich wahrzunehmen, Tag um Tag, Schritt vor Schritt, Wort auf Wort, unermüdlich disputierend, nicht einmal den Kopf hebend, dem Buch der Natur den Rücken kehrend, als gäbe es ein Ziel, von dem sie angezogen würden. Ihr verzweifeltes Drängen zum Verständnis machte sie blind für das ohnehin Zuhandene. Hinter ihnen türmten sich die Unverständlichkeiten der Ereignisse. Ihnen wollte kaum gelingen auch nur eines davon hinreichend aufzuarbeiten. Längst waren sie aus dem Dunstkreis der Metropole herausgetreten und gänzlich überfordert, sämtliche dort gemachten Erfahrungen zu deuten. Scheinbar ohne körperliche Mühen durchquerten sie bar jeden Verlangens die endlosen Tiefen des Forstes. Orientierung war ein vages Bedürfnis. Sie verließen sich auf ihr Wort, das von den Dächern der Baumkronen widerhallte und das von dem moosigen Boden geschluckt wurde. Die Schatten beschirmten sie und die Stämme gaben ihnen Halt, wenn auch kaum Orientierung. Den Überblick hatten sie längst verloren. So kam es, dass es sie nicht weiter kümmerte, ohne jeden Zusammenhang, jedes erdenkliche Thema auf den schattigen Waldwegen auszubreiten. Als ein Beispiel von vielen und durchaus heute noch relevant, sei an dieser Stelle eines hervorgehoben; nämlich die Sache mit der Demokratie:

„Seit Jahrhundert galt es erwiesen, dass Demokratie die einzig denkbare Form der Regierung sei", legte Panini unvermittelt vor und Eusebius konterte spontan mit einem nicht zu kurz geratenem Referat: „Dieser radikale Glaube stammt aus Zeiten als Oligarchie und Despotismus herrschten", hielt Eusebius dagegen, „nur in deren Umfeld konnte sich der Gedanke einer Volkssouveränität fruchtbar durchsetzen. Demokratie lässt sich nur als Verbesserung vorhandener Zustände richtig verstehen. Aus Mangel an Alternativen verfiel man in eine monokulturelle Weltherrschaft der Demokratie. Und nur im Schatten von Demokratie konnte es zu Wucherungen ihrer unvermeidlichen Ableger kommen, deren man teilweise gar nicht mehr gewahr wurde. Als Demokratie wurde vieles verkauft, was faktisch totalitären Charakter hatte. Jeder wollte in einer Demokratie leben. Also bekam jeder seine

Demokratie! Es stellte sich heraus, dass die Demokratie ein selten wandlungsfähiges und krisenfähiges Konstrukt war. Unter ihrem Mäntelchen ließ sich Plutokratie und Oligarchie sehr gut tarnen und kaum jemand bekam es mit, als *Stuprukratie* und *Plorokratie* sie unterwanderten. Der Glaube an die Demokratie hielt sich, solange ihre Rituale als Fetische eingesetzt werden konnten. Wahlen und Parteien existierten zwar, doch hätte kaum jemand in der Bevölkerung darüber Auskunft geben können, worin ihr Nutzen und ihr Zweck liege. Und die Frage nach der Souveränität des Volkes hätte ohnehin niemand verstanden. Längst war aus der Volksherrschaft die Dominanz der Masse geworden. So herrschte eine bunte Mixtur von Regierungsformen und die Macht rollte, wie eine Roulettekugel im Kessel, mal dort hin mal hierhin. Demokratie wurde zu einer Art Glaubensbekenntnis. Der Häresie wurde bezichtigt, wer sie reformieren wollte! So bewies sich abermals in der Geschichte: die stabilste Form einer Machtstruktur wird auf dem Glauben errichtet. Demokratie setzte die Wahl per unfähiger Mehrheit, an die Stelle der Ernennung durch wenige Korrupte, wie schon im Handbuch des Revolutionärs geschrieben steht."

Es herrschte einen Moment Ruhe und die spitzen Rufe des Käuzchens erlangten die Waldhoheit. Panini hatte den Ausführungen Eusebius angespannt gelauscht, blickte ungläubig bis verständnislos geradeaus, während Eusebius noch einmal nachsetzte: „Mit Vernunft ist diese Welt nicht zu regieren, Panini, nur zu verstehen!", woraufhin er ihm auf unbekanntem Hohlweg forsch voranschritt. „Aber eine mit diesem Verständnis regierte Welt ist die einzig werte", notierte Panini erbittert in sein Tagebuch und vergaß, dies seinem vorauseilenden Freund mitzuteilen. Währenddessen gelang es einer Horde von

Eichhörnchen diesen Augenblick der Konzentration zu nutzen, um hinter seinem Rücken sich an seinem Proviantsäckchen zu bedienen.

28. KAPITEL

Wie Panini und Eusebius die Enthebung von ihren Lasten zum Verhängnis werden sollte

Das Getier wurde immer zudringlicher. Sie konnten die Augen nicht länger verschließen und das Zuschlagen nicht länger hinauszögern, sie mussten sich tatsächlich des Zugriffs der Kreatur handgreiflich erwähren. Dem Schlachten und Metzgern gezollt, begleiteten immer öfter blutige Bäche ihre Spur durch das Unterholz. Die Freunde waren geschwächt und die Mückenschwärme hätten vermutlich vollendet, was Ameise, Eichhorn, Fuchs und Braunbär angezettelt hatten, und ihnen schlussendlich irgendwann den Gnadenstich verabreicht, hätte ihr Weg sie nicht endlich in höheres Gelände geführt: aus den sumpfigen, subtropischen Niederungen der Urwälder hoch auf die Gipfel der *Sierra de Irgendwas*. Endlich konnten sie durchatmen, sie hatten sich düstere Grübelei und kraftzehrende Diskussionen, Parasiten, ebenso wie unliebsame Zeitgenossen abgestreift und wollten endlich Rast machen; innehaltend in Ruhe und Einsamkeit. Hinter ihnen lag fast unmenschliche Anstrengung von selbstzerstörerischer Gewalt. Sie hatten nicht mehr gegessen, so weit sie zurück denken konnten, einen Marsch unbeschreiblicher Askese hinter sich gebracht, bis hier hin in diese Steinwüste der *Sierra de Irgendwas*. Hier wuchs nichts und es konnte sie aber auch nichts belangen. Keine Pflanze, kein Getier, hierher musste die Schöpfung erst noch vordringen, dachte Panini. Kein Stechen und kein

Hauen. Doch auch nichts, wovon man hätte beißen können. Zu allem Überfluss entdeckten sie beide zeitgleich die ausgefressenen Löcher, die die Schöpfung in ihre Proviantbeutel genagt hatte. Beide Rücksäckchen waren bis auf den letzten Krümel geplündert. Ihre leeren Blicke trafen sich, möglicherweise für lange Zeit ein letztes Mal.

In einer Köhlerhütte auf einem Felsplateau, die unbewohnt ihren Posten hielt, fanden sie Schutz vor Frost und Wind, doch der Magen knurrte unerbittlich. Sie hatten dieses Gefühl kaum noch gekannt. Hier oben wurde selbst die Luft dünn; hier kurz vor dem absoluten Nichts! Es stand ihnen eigentlich nur noch eines zu: den kleinen Schritt zu tun, hinüber *in* dieses Nichts! Sie zögerten und hinderten sich gegenseitig, sahen sich dabei jedoch nicht noch einmal in die Augen. Sie konnten kaum noch Sprechen, kaum noch ihren eigenen Willen verspüren, geschweige denn den des anderen. Weder hierhin noch dorthin konnten oder wollten sie ausschreiten. Eingewickelt in wenigen Stoffresten und ausgezehrt bis auf die Knochen, mieden sie fortan jede Handlung, wie den Teufel. In dieser Haltung darbten sie dem anbrechenden Winter entgegen. Auf Nahrungssuche wollte oder konnte sich keiner von ihnen mehr begeben. Panini vermisste die Worte seines Freundes, die ihn im Wald so auf Trab gehalten hatten. Eusebius war dem Schweigen verfallen, aus Kraftlosigkeit oder Mutlosigkeit und hoffte seinerseits nur noch auf ein Wort von Panini, das Aufbruch signalisieren könnte, welches noch einmal das Feuer entfachen würde, endlich jene Taubheit in der Magengrube zu verscheuchen. Den kleinen Schritt zu wagen, fehlte jeder Mut. So taten sie, was ihnen die Evolution mitgegeben hatte, sie sozusagen von Natur aus am besten beherrschten: Sie harrten aus.

ENDE   Teil II

VERLORENE REDE

–

TEIL III

SCHLACHT

29. KAPITEL

Wie der Vater Panini zum zweiten Mal auf diese Welt zerrte

Die Welt schwieg und Gott schwieg. Sie hatten sich nichts mehr zu sagen, die Karten lagen auf dem Tisch; wer sollte geben? So kann wohl niemand sagen, woher das Schicksal jenen Ort erwählen und auch noch einen Weg dorthin finden konnte. Ein Brief seines Vaters erreichte Panini in dieser unwirtlichen Erdengegend; in jenem erbärmlich heruntergekommen Zustand, an der Schwelle zum Jenseits, hat er ihn erwischt. Diese, unter gewöhnlichen Umständen, vernachlässigbare Ursache zog für die Protagonisten dieser nachzeitlichen Geschichte folgenschwere Wirkungen nach sich. Panini packte bodenlose Wut, die ihm ungeahnte Kraft einflößte. Erzürnt über sich und Gott, entfuhr dem Däumling ein Schrei, der die Felswände ringsum erzittern ließ. Eusebius, in apathischen Dämmerschlaf gesunken, stand buchstäblich vom Donner gerührt in der Stube. Die Behausung war bis in die Grundfesten erschüttert. Das Gebälk knackte, Risse züngelten vom Dach bis in den Grundstein. Die massiven Steinwände der Köhlerhütte begannen sich in Bewegung zu setzen. Ein Satz mythischer Gewalt vermochte die beiden Jenseitskandidaten aus dem nahenden Inferno zu erretten. Das massive architektonische Bollwerk stürzte mit höllischem Krach in sich zusammen. Der Donner rollte tausende von Kilometer hinab in die zahlreichen angrenzenden Täler und fuhr weit hinaus ins flache Land. Die Erschütterung des Bergmassivs durchsetzte das betende Volk mit Ungewissheit, das den nächsten Sonnenaufgang, vor Ehrfurcht bibbernd und leise Formeln murmelnd, sehnlichst erwartete. So vermeint man zu ahnen, dass nun ein gestählter Wicht aufbräche, seine Suche endlich zu vollenden. Weit gefehlt! Die Ader des Lebens folgt selten einer geraden Linie, eher muss man sehen, dass sie nicht, wie ein Wollknäuel Gefahr läuft, sich selbst zu strangulieren: Der Zauber der Wut hielt gerade einmal solange, wie es dauerte sich in die neu erstandene Welt zu retten und sich ein achtundfünfzig Gänge Menu einzuverleiben. Doch der Reihe nach, solange sich eine ausmachen lässt, wobei im Weiteren diese sich nur mehr erahnen lassen dürfte. Der Brief war Veranlassung genug gewesen aufzubrechen – die Köhlerhütte in der *Sierra de Irgendwas* gab es nicht mehr –, den Fuß hineinzusetzen in eine neue ihnen unbekannte Welt, die ausgebreitet vor ihnen lag. Durch Täler und weites Weideland zogen sie hinfort aus unwirtlicher Gegend. Unverständlich nur, dass sie diese vorher nicht bemerkt hatten. Es standen Mittel und Wege bereit, sich ein Überleben zu sichern. Gewiss, doch schwelte in dem Philosophenkönig der Unmut über das Schicksal. Tiefe Melancholie befiel ihn, die sich ausdauernder gebärdete, als die Wut und der Lebenswille. Sein Freund Eusebius hatte in dieser Phase ihres Zusammenseins erstmals Mühe ihn zum Essen zu bewegen, obgleich sie wieder reichlich zur Verfügung gehabt hätten. Während etlicher Monate des ziellosen Umherstreifens und der Tatenlosigkeit versorgte Eusebius Panini mit den nötigsten Gesprächen. Ohne dessen Beistand wäre eine Fortsetzung kaum noch denkbar gewesen. Es war eine unentschiedene Zeit, ohne wahre Sorge, die still zu stehen schien und doch das Gefühl hinterließ, dass sie heimlich zerrinne, in unbemerkte Ritzen zu versickern drohte, um schlussendlich in der Ewigkeit aufzugehen. Der Brief wollte, nach anfänglicher Entladung, nicht wirklich seine Sprengkraft entzünden, obgleich des Philosophenkönigs bisherige Reise nichts anderes bezweckt hatte, als diese eine Spur seiner Herkunft ausfindig zu machen. Während er auf einem Grautier durch die Pampa schaukelte durchfuhren Panini unheimliche Gedanken, die er meist für sich behielt, bis ihm schließlich eines Tages unbeabsichtigt ein "Wiedergeboren, immer wiedergeboren!" entfuhr. Hatte ihn dieser läppische Fetzen Papier tatsächlich zurückgezerrt, um ihm die unerträglichste aller Welten erst so richtig deutlich vor Augen zu führen? Wollte er dem Ballett der Absurditäten eine weitere Aufführung verschaffen? Des Wahnsinns zweiter Aufzug!? Wieder und wieder ein neues Kapitel eröffnen?

"Dann die Bühne frei, für die Nächte von Lissabon", rief der Kleine aus heiterem Himmel seinem erschöpften Freund zu und spornte seinen Esel mit spitzen Fußtritten an, in der Absicht das große Hadern endgültig hinter sich zu lassen und den Weg zur Krönung westlicher Zivilisation möglichst rasch hinter sich zu bringen. Doch, wie der Leser mit Sicherheit weiß, ließ das Leben mit Peitschenhieben sich noch selten beeindrucken.

30. KAPITEL

Wie Panini sich entschloss von Eusebius einen Urlaub zu genehmigen

Den Taten mussten Gedanken vorausgehen und Panini geizte nicht damit. Er ließ jetzt Gedanken reichlich sprudeln; keine Nacht in der er Ruhe fand. Die Lagerfeuer brannten und er tauchte nach dem Grund seiner Hemmung. Sein Vater *Idem*, den er gar nie gesehen hatte, dessen Namen er nicht einmal spontan erinnert hatte, damals in seiner Köhlerhütte, in jenem apathischen Zustand, flehte ihn in einem Brief um Hilfe an und berichtete von einer unerklärlichen Ratlosigkeit, die ihn befallen hätte. Was war in ihn gefahren? Idem, war König von Dekadentia, dem Land der zwei Türme und er rief nach all den langen Jahren seinen Sohn zu sich? Weil er sich, wie er schrieb, von seiner Insel der Isolation befreien mochte. Eine große Schlacht stünde bevor, die niemand mehr sonst in der Lage wäre abzuwenden. Panini möge unbedingt in das Zweiturmland reißen, er sei *seines Vaters letzte Hoffnung*! Panini konnte sich nicht entschließen ihm zu dienen, womit eigentlich sein Vater ihm hätte damals zur Seite stehen sollen: Mit einem Rat. Paninis einstige Entscheidungsfreudigkeit wollte sich nicht wieder einstellen. „Das war eine Berufung!", sagte er sich. Sattle deinen Gaul und reite, Panini! Stecke das Panier auf und halte deine Fahne wieder in den Wind!", versuchte er sich selbst zu motivieren. Was hemmte ihn, aufzuspringen, loszustürmen, beizustehen, zu urteilen, zu beraten, zu helfen? Selbst nüchtern konnte sich Panini nicht mit dem Gedanken anfreunden, dass sein Vater ein Staatsmann war und sich gut dreißig Jahre nicht bei ihm gemeldet hatte. Erst durch persönliche Not sah dieser sich plötzlich veranlasst seiner zu gedenken? Das konnte und wollte er nicht einfach hinnehmen. Wie sollte er solch egoistisches Verhalten goutieren? Ein Gutes hatte die unerwartete Post aus Übersee wohl schon vollbracht – Panini und Eusebius hatte der Brief schlussendlich das Leben gerettet –, aber konnte er ihnen auch ihr Leben zurückgeben? Nie hatte er den Wunsch verspürt in jenes berüchtigte Zweiturmland zu reisen, und niemals hätte er dort seinen Vater vermutet. In einem Land, das seine Freiheit so groß im Munde führte, konnte es mit der Freiheit nicht weit her sein; gemäß der Regel, *wovon man am meisten spricht, das besitzt man am wenigsten.* Wenn er es recht besah, wollte sich nach anfänglicher Wut keinesfalls Freude einstellen, wie er es vermutet hatte. Es lag noch eine Ungereimtheit in der Luft, als wäre eine Rechnung offen, die ihm nicht sogleich in den Sinn kommen wollte, die aber unbedingt vorher zu begleichen wäre, wollte er die Reise ins Zweiturmland auf sich nehmen. Man kann sich sine Eltern nicht aussuchen, doch man hat normalerweise seine verdammte Jugend dafür Zeit ihnen zu widersprechen, oder sich zumindest an sie zu gewöhnen. Ihm war diese Zeit nicht vergönnt gewesen. Hier schien das Übel begraben. Ihm wurde zunehmend deutlich, dass ihm etwas Entscheidendes in seinem Leben entgangen war! Mit einem Mal stand für ihn fest, er konnte nicht gehen, ehe er nicht seine Pubertät nachgeholt hätte.

Eusebius erwies sich als verständnisvoller Freund und beurlaubte Panini von seinen Unternehmungen. Wenn er der Meinung sei, es wäre genug der Pubertät, solle er ihn hier wieder aufsuchen und ihm mitteilen, ob es eine Fortsetzung der Reise geben solle. Mindestens vierzig Tage wollte dieser sich in die Steinwüste von Lissabon begeben, seiner Jugend auf den Fersen.

31. KAPITEL

Wie Panini sich ein paar Tage Pubertät zu viel gönnte

Panini schlug sich nicht schlecht als halbwüchsiger Draufgänger, fand sofort Anschluss bei weithin berüchtigten Cliquen. In der Szene respektierte man ihn. Er lebte auf der Straße, zündete Abfalleimer an, raste nächtens mit geklauten Autos durch die steilen Gassen der Stadt, wenn er nicht bei einer abgehalfterten Prostituierten untergekrochen war, die es ihm für den halben Preis besorgte. Es lenkte ihn von seinen Problemen ab. Paninis Zuhause war von heute auf morgen der Stadtdschungel geworden. In diesen Tagen und Nächten saß er vierzehn Male hinter Gittern, unter anderem wegen unerlaubtem Drogenhandel, Hehlerei und Waffenbesitz. Aufgrund seiner minderen Körpergröße hielt niemand ihn für strafmündig und er wurde meist umgehend wieder auf freien Fuß gesetzt. Die Party konnte nie lange genug gehen und irgendwie hoffte er jedes Mal wieder, sie würde niemals enden. Die kurzen Morgenstunden bis die erste Kneipe öffnete, verbrachte er mit naiven Mädchen oder, wenn er zu schwach dazu war, auch nur mit sinnlosen Märschen durch das greise Lissabon. Im ersten Cafe, an welchem er nach Sonnenaufgang vorbeikam, schlief er meist auf einem der Bistrotische ein. Panini war zu derzeit bekannt unter Lissabonner Gastronomen; man ließ ihn für gewöhnlich schlafen. Keineswegs aus Mitleid, oder weil noch irgendjemand ihn hier für den Philosophenkönig hielt. Jeder Wirt, dem Panini im Morgengrauen zulief, konnte sich diesen als seinen Glückstag anrechnen, da er gewiss sein durfte, dass er nach seinem Erwachen seinen Durst bei ihm stillen würde, was sich zu dem Geschäft des Lebens entwickeln konnte. Von eben solch einem Tisch las Pepe ihn schließlich auf. „Um mich warm zu halten, um nicht eines Tages in irgendeiner Gasse erfroren aufgefunden zu werden ...", murmelte er, im Halbschlaf. „Es gibt Gründe, jede Menge Gründe, weshalb ich es tue, und das schöne daran ist, sie interessieren mich nicht im Geringsten!" Niemand vermochte dieses Gestammel zu deuten, doch das Wesentliche fiel Pepe sofort ins Auge. In jenem Typen glimmte ein Funke Lebensmut. Und von wem konnte man das in jenen Zeiten noch behaupten. Ja, wer genau hinsah, der konnte es sehen. Und wo Leben ist, da ist

Geschäft! In Panini brannte noch ein Feuer und Pepe hatte es gesehen.

Es waren gerade einmal zwanzig Tage vergangen, als Pepe ihn bei sich aufgenommen hatte. Das mit dem Nachholen der Jugend war für seine Psyche eine zwingend gute Idee gewesen, wovon Panini immer noch überzeugt war, was Pepe ihm auch anhaltend bestätigte und ihm im Gegenzug reichlich Kohle für diverse Drogen abnahm. Allerdings hätte dieser Pepe aus eigener Erfahrung erkennen können, dass es sich bei der Art und Weise, die der kleine Philosophenkönig an den Tag legte, um eine nicht mehr zeitgemäße Form der Selbstfindung handelte. „ … ich bin schließlich Philosophenkönig! Ich kann mich nicht von jeder Mode hinweg reißen lassen …" Pepe ließ ihn reden und beobachtet ihn, aber hörte schon lange nicht mehr auf seine ausdauernden von Selbstzweifel geplagten Ansprachen. Er hielt das abgehobene Geschwätz für die halluzinatorischen Spätfolgen erhöhten Cannabisgenusses. Ihn hatte die Pubertät gelehrt, man kann in Meditation vor dem Fernsehapparat das gleiche erreichen und auf angenehmere Weise erledigen. Der junge Mann lag Tag ein Tag aus vor dem Schirm. „Man dürfe sich nur nicht scheuen, sich gesellschaftlicher Konventionen anheischig zu machen", versuchte er seinen neuen Freund zu belehren, wenn ihm dessen Angriffe auf seine persönliche Lebensweise zu sehr beim Fernsehen störte. Panini konnte irgendwann nicht länger widerstehen, er wollte, wie es seine Natur war, nichts unerprobt lassen und beugte sich schlussendlich dem Diktat der Bequemlichkeit. Fortan verschliefen Pepe und er jeden Sonnenaufgang und Sonnenuntergang. Die blauen Stunden waren von Schlemmen und Huren ausgenommen. Ansonsten blieb kein Tag und keine Nacht den Gelüsten der beiden etwas schuldig. Kellner und Prostituierte gaben sich die Klinke ihres gemeinsamen Appartements in die Hand. Der Fernsehapparat lief ununterbrochen und hielt das Grundrauschen aufrecht, auf dem es sich genüsslich surfen ließ. Das Champagnerdelirium wurde allenfalls durch Schlaf unterbrochen, die Lebensgeister saßen derweil auf der Vorhangstange im Abseits. So kam es, dass die vierzig Tage mittlerweile weit überschritten waren. Man ließ immer noch den Körper laufen, man wollte hartnäckig im Pfuhl des Lebens angeln. Eusebius hatte er tatsächlich vergessen! So machte Pubertät richtig Spaß. Panini war Pepe äußerst dankbar, ihn von der Straße aufgelesen, wer weiß, vielleicht sogar errettet zu haben. Gemeinsam fraß man sich durch die Gassen von Lissabon, man lechzte nach jedem Flaschengeist, man vögelte jeden Schlitz, der sich auftat. So überrascht es einigermaßen, dass nach unbekannter, aber reichlicher Anzahl von Tagen, Wochen oder Monaten dennoch langsam und unaufhaltsam das Herz des Philosophenkönigs schwer und schwerer wurde und sich ein Grummeln in seiner Magengegend meldete.

32. KAPITEL

Wie Panini während seines Chillout so sehr abkühlte,
dass er beinahe verbrannt wäre

In den Tagen von Lissabon entbehrte Panini nichts, doch bekam er auch nichts richtig in den Griff. Manchmal schien der Kleine dem Ekel mehr zugeneigt, als allen Vergnügungen. Alles zum Greifen nahe, doch nichts ließ sich packen oder wenigstens zertrümmern. Sand rieselte durch seine Hirnwindungen, wie durch eine Kinderrassel. Das Treiben in Lissabon versetzte ihn in pure Ohnmacht.

Zugegebener Maßen überkam ihn einige Male auch das wohlige, wenn auch unheimliche, abgrundnahe Gefühl der Einheit. Er konnte nicht zuordnen, was es war. War es Erleuchtung oder eher Depression? Es war wie eine tiefe Übereinstimmung mit der Welt, wie das Abtauchen in einem warmen Fruchtwasserballon, unheimlich und schön, doch jedes Tun blockierend. Seeligkeit wäre ebenfalls ein Begriff, der sich möglicherweise hätte hierfür missbrauchen lassen, den Zustand zu beschreiben, wäre er nicht untrennbar mit klippenhaftem Schwindel durchsetzt gewesen: Selbstmord!? Da war er wieder, der Gedanke! War das Erhabene nur in der Bewegungslosigkeit des Geistes zu haben? War der Preis für den Blick hinter den Schleier der Maya die Totenruhe? Dann war Leben und Tod doch einerlei! Doch eines war klar: Tatenlos konnte er, Panini, sein Leben nicht fristen! Solange er noch lebte, musste er etwas tun! Dann war er eben nicht geboren für die Erleuchtung. Bestenfalls war er der Philosophenkönig. Manchmal glaubte er fast selbst daran. Und dem war es schließlich nicht gegeben mit buddhistischem Lächeln um die verschmitzten Augen dazusitzen und einfach nur ruhig zu halten. Den Gedanken mussten endlich Taten vorausgehen, ein wieder gewonnenes Leben muss geführt werden. Es sollte weitergehen, doch wie?

Sehnlich vermisste er den innigen Appetit, die Welt verschlingen zu wollen, sich an ihr selbst und an nichts anderem zu verköstigen, sie hemmungslos in sich aufzusaugen: „Wie früher!", dachte er. Der Hunger nach dem Leben hatte sich verflüchtigt und nirgendwo – auch nicht in seiner Pubertät, hatte er auch nur eine Spur von ihm wiedererlangen können. In keinem Bordell und keiner Bodega, in keinem Herz und keiner Tasche fand er wirklich, was er entbehrte. Panini war nichts geblieben, als die schale Freude an gepflegter Menüfolge ganz trivialer Lebensunterhaltung und widerlich gewöhnlichem Luxus. Zudem plagte ihn der Eindruck, dass sein Partner Pepe es darüber hinaus, auf nichts weiter abgesehen hatte. Neben sich einen sogenannten Freund zu wissen, der nahtlos die Bequemlichkeit zu seinem Lebensideal machen würde, wenn er seine Pubertät erst einmal hinter sich gelassen hätte, verunsicherte Panini zusehends. Ihm stand es deutlich vor Augen: Nichts anderes hatten seine sämtlichen pubertierenden Genossen doch im Sinn! Die Vergnügungen widerten Panini aus diesem Grund zunehmend an, und vor allem auch dieser Pepe. In ihm sah er mittlerweile ein Bild des Erwachsenwerdens herauf dämmern, dessen Fratze ihm einen Vorgeschmack der Hölle zu bereiten schien. Schon hier und jetzt zeichnete sich ab, dass dessen Pubertätsphase nichts anderes war, als das Verkosten aller Annehmlichkeiten, die ihm das Lebensalter verheißen sollte. Dazwischen läge dann lediglich noch der unumgängliche Schritt des Kapitalerwerbs, um sich diese Dinge auch regulär und regelmäßig genehmigen zu können. Dann könnte alles so bleiben, für immer, wie es jetzt war. Diese Vision, die Pepe hier neben ihm in die Kissen furzte, ekelte Panini an, wie auch alle anderen Umstände, in die er sich, wenn er sie nüchtern betrachtete, hineinmanövriert hatte.

„Wir müssen es einfach tun?", wetterte er auf sein Spiegelbild los, das wohl seiner zerbrechlichen Verfassung wegen nicht widersprach und den pubertierenden Jüngling keinesfalls einer Enttäuschung aussetzen wollte. Pepe konnte es nicht hören, der war wie gewöhnlich zu dieser Tageszeit unterwegs, um sich mit Nachschub für seinen Befriedigungsanspruch umzusehen. Panini wollte an diesem Vormittag etwas Ungewöhnliches tun, er war überzeugt ein Zeichen setzen zu müssen. Zuerst rasierte er sich seinen Vollbart aus dem Gesicht, wobei ihn die Morgensonne ärgerte und er hemmungslos auf seinen Spiegel loswetterte. Das brachte ihn auf die nötige Gebrauchstemperatur. „Scheiß Pubertät! Zum Teufel mit diesem überkommenen Zirkus." Das Fluchen und Zetern machte ihm, selbst ohne Stimmungsaufheller, äußerst gute Laune. „Ihr dummfaulen Bastarde, die ihr glaubt, dieses sei ein Leben, an das zu gewöhnen oberste Priorität wäre; ihr notgeiles Gesindel, die ihr glaubt, irgendwann dafür bezahlen zu können, dass alles so bliebe, wie ihr es heute erlebt; ihr seid die verhätschelte Brut eines Schmarotzerordens, der glaubt, dass Huren und Saufen zu den Initiationsriten des Erwachsenenzirkels gehört." Die verschlafenen Lebensgeister erwachten während dieser kleinen Selbsttherapie zunehmend und machten sich auf, eine geeignete Körperöffnung suchend, von ihrer Vorhangschiene überzusiedeln, zurück in den kleinen Quergeist, der mit gut durchblutetem Schädel das Messer schwang. So folgte nach eineinhalbstündiger Rasur mit dazugehöriger Untermalung und nicht wenig Blutverlust tatsächlich ein erster, handfester Beschluss: Lissabon sollte Paninis Heimat und Wirkstätte werden. Die Frauen wären auch nüchtern schön anzusehen und in dieser Stadt an der smaragdgrünen Küste sei das Klima von hervorragender Eignung für weitere Studien des Lebens und seiner Untiefen, von deren einer er sich augenblicklich lossagen wollte. Er musste eine eigene Bleibe suchen und mit ein wenig Geschick würde er zurück zu den Freuden des Lebens finden. Und er würde zu gegebner Zeit Eusebius holen und ihm alles präsentieren und erklären. So hätte es eigentlich auch umgehend geschehen können, wäre da nicht dieser Brief gewesen, der just an jenem Morgen, als er sich auf den Weg machen wollte, aus seiner Jackentasche fiel und vor ihm zu Boden segelte. Wie ein Brocken Unverdautes lag er da vor ihm. Doch der Lebensmut schien in ihm bereits ein Eigenleben zu führen und fest entschlossen sich nicht die Stimmung vermiesen zu lassen. Wie selbstverständlich, zeriss er in Windeseile, in einem Anflug von Übermut, das Kuvert samt Inhalt. Vor den Augen seines Spiegelbildes steckte er die Fetzen überlegen lächelnd in Brand (das Spiegelbild schien äußerst skeptisch zu beobachten, was da geschah) und ließ die Funken stiebenden Teile aus seinem Hotelzimmerfenster segeln. Zufrieden mit sich selbst und erschöpft von so glorreicher Tat, warf er sich, der Sorgen ledig, auf sein himmlisch weißes Bett, auf dem er spontan einschlief.

Mit steigender Stimmungslage, wie man weiß, droht zunehmend der Einschlag von Außen, wie auch die Gewitterwahrscheinlichkeit bei schönstem Wetter am höchsten ist. Es begab sich, dass Lissabon an jenem Tag von einer verheerenden Feuersbrunst heimgesucht wurde, über dessen Ursache hier zu spekulieren – und ob Panini oder einiges liederliches Weibsvolk, oder gar Hexen darin verwickelt gewesen sein konnten –, man sich wirklich schenken kann. Was jedoch als gesichert gilt, ist die Tatsache, dass auch für Panini dies der Moment war, da er … aber hören sie selbst: Als die Erde zum dritten Mal erbebte, erwachte er schließlich, um in letzter Minute seinen Kopf zu retten. Sein Bett hatte bereits Feuer gefangen, die Flammen vor seinem Fenster überragten die höchsten Teile der Stadt. Ein gewagter Sprung aus dem Fenster seines Hotels in das direkt angrenzende Hafenbecken rettet ihm das Leben. Als er hastig aus der stinkenden

Hafenkloake auftauchen wollte, stieß er sich ganz grausem den Kopf am Rumpf eines hölzernen Kahns, welcher gerade im Begriff war, über ihn hinweg zu segeln. Vollkommen außer Atem erreichte er dennoch die Wasseroberfläche. Geistesgegenwärtig griff er nach einem vorbei schlingernden Tauende, das, wie sich herausstellte, nicht ganz zufällig an ihm vorüber glitt. Offensichtlich war dies, aus keinem geringeren Grund, als seiner Rettung wegen, ins Wasser gesenkt worden. Es war auch kein Geringerer, als sein Freund Eusebius, der – nicht untätig, seinen Herzensfreund wiederzufinden – dies eingefädelt hatte. Panini kletterte auf allen Vieren an dem gezwirbelten Hanf in die Höhe und sackte seinem Retter in die Arme, der den Abtrünnigen aufs Freundschaftlichste an Bord begrüßte.

33. Kapitel

Wie Panini auf dem Weg nach Dekadentia von der Existenz Gottes überzeugt werden sollte

Also doch nach Dekadentia! Das offene Meer war der einzig verbliebene Rettungsweg aus einer unheilbar verlorenen Stadt. „Die, um zu reisen, sich aufs Wasser begeben, sehen das Land und nicht das Schiff sich bewegen", heißt es. „So scheinen mir die Sorgen auf dem Kontinent geblieben, mein Freund, und sie bewegen sich hinfort von mir." Eusebius sah ihn nur lächelnd an, während Panini seinen Blick nicht fortnehmen konnte von dem lodernden Flecken an der Küste Europas. Sie waren bereits auf offener See und eine Stadt brannte vor ihren Augen nieder, bis auf den Meeresspiegel. Nur von hier draußen ließ sich der Verlust richtig erahnen. Die weißen Segel blähten sich im Nordwestpassat, als sei nichts gewesen. „Weißt Du

Eusebius, es tut mir von Herzen leid, dass ich dich versetzt habe. Doch ich sage Dir gewiss, es war nicht umsonst." Sie sahen sich in die Augen und Eusebius konnte vor Rührung keine Silbe erwidern. „Je mehr ich an mir feile und herumhoble, glaube ich, dass alle anderen faseln", flüsterte Panini mit trockener Kehle seinem Freund zu. „Dies ist eine sehr zerbrechliche, aber höchste Weisheit", entgegnete Eusebius schließlich unter Tränen.

Eusebius hatte sich auf dem Schiff von A. P. Tree eine Kabine ergattert, in die er sich und Panini einquartierte. Tree war ein kauziger Wicht, der an Körpergröße Panini nicht wesentlich überragte. Er verfolgte neben seinen Geschäften als Schiffsinhaber und Exporteur vor allem die Wunder der Natur. Meist stand er auf Deck, obgleich er nicht wirklich dort etwas zu tun hatte. Er war von eigenbrötlerischem Charakter und führte zahlreiches Forschungswerkzeug auf Reisen mit sich, wie Fernrohre zur Bestimmung der Gestirne, Kompasse und jede Menge Uhren, die er eigens auf dem Kontinent hat anfertigen lassen, um sie nach Dekadentia zu exportieren. „Dekadentia, das ist doch ein schauriger Ort", pflegte er zu sagen, „sie kaufen mir zwar all meine Werkzeuge und mein gesamtes Instrumentarium ab, aber sie verstehen nicht im Geringsten damit umzugehen. Sie reißen es mir aus den Händen, aber ihren wahren Wert erahnen sie nicht einmal." Es tue ihm richtiggehend leid um jedes einzelne Stück, das er gegen bare Münze dort zurück lassen musste. Der Handel war nicht wirklich Trees Leidenschaft, seine Bewunderung galt den Kräften und Gesetzen der Natur, die sich nicht hintergehen ließen, wie ein beliebiger Geschäftspartner. So verkaufte er die Gerätschaften nicht nur, sondern machte selbst regen Gebrauch von ihnen. Letztendlich hatte er lediglich versucht aus seiner

Liebhaberei noch etwas Nützliches herauszuschlagen. So fand man ihn während der großen Überfahrt Tag ein Tag aus abseits der Mannschaft an den neuesten technischen Maschinen hantieren. Er war begabt für derlei Untersuchungen und hatte einen geschulten Blick für die kleinen Dinge dieser Welt. Panini war von Beginn an sehr interessiert an dem rätselhaften Mann. Er hatte Gefallen an ihm und es gab der Zufall, dass er und Eusebius in jener Nacht in seiner Nähe standen, als Tree sich auf die Rehling setzen wollte, aber zurückwich, weil er beinahe einer Schnecke aufgesessen wäre. Er hob das Tierchen vorsichtig an ihrem Haus auf und besah es sich mit Akribie, die ihn die Umwelt vergessen machte, was auf einem schwankenden Segler bei ordentlicher Dünung traumwandlerisches Geschick erforderte. Als er der beiden Passagiere irgendwann doch wieder gewahr wurde, sprach er ohne sie persönlich anzureden spontan in ihre Richtung: „Die erstaunenswürdige Mannigfaltigkeit, der unvergleichliche Schmelz, die entzückende Lieblichkeit ihrer künstlichen Schattierungen setzen ein schauendes Auge in die tiefste Verwunderung. Mit was für Freigebigkeit sind hier nicht die Zierarten verschwendet worden? Woher soll nun diese Schönheit anderes herrühren als von Gott, dem Urheber der Tierlein? Gewiss, die Allmacht Gottes wird aus den Schalen der steinschalichten Tierlein durch die Farben recht mit lebendigen Farben abgemalt." Als könnten sie ihren Ohren nicht trauen, starrten sie die Schnecke an. Die Wogen donnerten an die Seitenwand des Seelenverkäufers, der Wind spielte für ungezählte Takte sein Solo, während sechs Augenstrahlen dagegen hielten und sich auf dem Panzer eines sonderlichen Geschöpfes bündelten. Panini wollte die Herausforderung – und nur als solche ließ sich diese Vorlesung verstehen – annehmen: „Wie kommt sie auf diese Arche, ist doch die Frage?" Wie geschossen kam die Antwort: „Das weiß nur Gott!", grinste der winzige und umso standfestere A. P. Tree, öffnete seinen Mund und ließ die schleimige Kreatur mit einem gekonnten Wurf, unter Berücksichtigung der Fall- sowie der vorherrschenden Windgeschwindigkeit, mit einem Knacken darin verschwinden.

34. KAPITEL

Wie Panini von schlimmsten Zweifeln geplagt den Teufel herbei zitiert und Naturgesetze erntet

Anderntags stand die UNSINKBAR II gut im Wind. Tree navigierte am Heck des Seglers und die Mannschaft vollbrachte mit professioneller Gelassenheit und saftige Reime schmetternd ihren Job:

„Gesellen folgt uns unverwandt!
Wir fahren ins Schlaraffenland,
Und stecken doch in Schlamm und Sand."

Mit geblähten Segeln hielten sie bei himmlischem Wetter Kurs auf das Zweiturmland. „Wie war eigentlich Deine Pubertät?", drängte es Eusebius von Panini zu erfahren, der bislang noch kaum ein Wort über die Erfahrungen dieser Zeit gegenüber seinem Freund verloren hatte. Auch jetzt zögerte er und sah lange über das graue Wasser, bis er sich endlich umwandte: „Weißt Du mein Freund, ohne einen Vater macht nicht einmal die Pubertät richtig Spaß." Beider Kehlen entfuhr ein prustendes Lachen, das weithin auf dem Schiff zu vernehmen war. Und man sah, wie sich die beiden wieder einmal in die Arme fielen. „Weißt Du Panini, es ist die Zeit vorbei, da die Philosophen wie Könige behandelt wurden", sprach Eusebius nach längerem Schweigen, als sie schon etliche Zeit, wie von tausend Spiegeln hypnotisiert, an der Reling gestanden waren, „die Zeit als man sich in den Pariser Salons noch vor ihnen verneigte, meine ich. Ein jeder ist heute sein eigener König. Und genauer besehen, war es selten weder der Wunsch noch die Absicht derer, denen Verehrung zu Teil wurde, dass man sie so behandelte. Die einfachen Menschen sehnen sich lediglich nach solchen Persönlichkeiten. Und je mehr sie Person sind, umso anziehender wirken sie auf die Masse. Ich bin mir sicher, selbst Jesus hätte nie gewollt, dass aus seiner Auflehnung gegen den Opferkult der Juden eine Massenbewegung wurde. Ich behaupte Jesus würde heute gar beteuern, er sei kein Christ. Und unter gar keinen Umständen wollte er König sein. Wie man weiß, nötigte man ihn des Spottes wegen, diesen Titel zu tragen. Er selbst fühlte sich als Jude."

„Aber was kann ich tun? Ich wollte nie Philosophenkönig sein, man hat mich auf diese Welt gezerrt, es dennoch zu übernehmen", seufzte Panini.

„Die Welt ist wieder reif, und Du scheinst diesmal ihr Opfer. Du kamst gerade zur rechten Zeit, wie man sagt. Die Umstände haben dich zu dem gemacht ..."

„Ich will es nicht hören, rede nicht weiter!", unterbrach ihn Panini.

„Die Menschen sehnen sich nach Erlösung", fuhr Eusebius dennoch fort.

„Tun sie das nicht ohne Unterlass?"

„Ja, einmal mehr, einmal weniger. In Krisenzeiten sind sie anfällig, weißt Du. Dabei übersehen sie meistens, dass diejenigen, denen sie folgen aus guten Ideen immer wieder nur Ideologien zimmern. Das ist die Geschichte! Aus Revolutionen werden Ideologien. Aus Ideologien Tyrannei! Wirkliche Macht entwickeln immer nur die Ideologien."

„Das verlangen sie von mir?", erzürnte Panini, "Das wollen sie wirklich? Und ausgerechnet von mir?"

„Sie wissen es nicht. Aus ihnen spricht das absolute Denken der reinen Vernunft. Dem Abstrakten und Mathematischen fehlt die Unreinheit. Bei soviel geistiger Schönheit kann niemand widerstehen. Sieh Dir nur unseren kauzigen Kapitän an!"

„So kann man es wohl sehen. Ideologien blenden einfach ihr *Aber* aus! Sie werden auf diese Weise süffig und genießbar. Sie geben ein Versprechen ab, indem sie ausblenden; und nie beides zugleich sehen: das Gute und das Böse. Das wollen die Menschen nicht aushalten. Sie verabscheuen es, zwei Dinge zugleich zu sehen. Es verlangt ihnen also nur wieder nach demselben Trank, mit dem sie sich regelmäßig betäuben und ich soll ihr Schankkellner sein?!" Der Philosophenkönig geriet zunehmend in Rage: „Wo bleibt mein eigener Wille, meine Vorstellungen? Einen Teufel werde ich …", noch bevor Panini den Satz beendet hatte, warf es ihn rücklings gegen die Bordwand, dass er mit seinem Schädel ein Loch in die Planken stieß. Im gleichen Augenblick zog es Eusebius die Füße weg und er schlitterte über das halbe Deck bis er von einem Mastbaum gestoppt wurde. Die Taue machten sich selbstständig und peitschten durch die Luft. Die Fässer tanzten die Reling entlang. An den Rahen knallte das Segeltuch und die Spanten ächzten, als wollte sie jemanden auspressen. Eusebius konnte eine Dolle fassen und rief sogleich nach Panini, der augenblicklich hinter einer Regenwand außer Sicht gekommen war. Unbemerkt von der Mannschaft und unserer Protagonisten, war ein Tohuwabohu über das Schiff hereingebrochen, wie es seines Gleichen suchte. Unwetter tobten ringsum das Schiff und versetzten das augenblicklich zur Nussschale mutierte Gefährt in bedrohliche Lage. Eusebius konnte den kleinen Panini wiederfinden, noch bevor ihn eine Welle vom Schiff holen konnte. Er bekam seinen Freund am Ärmel zu packen und zerrte ihn kurzerhand ins Unterdeck. Während die beiden vorerst gerettet schienen, kämpfte die tapfere Besatzung an Deck weiter gegen einen unerbittlichen Sturm. Alle Mann waren beschäftigt Segel zu reffen, Leinen einzuholen oder zumindest das, was von all dem noch übrig war. Die Männer hetzten unkoordiniert über die Planken. Winschen ratterten mit dem Hurrikan um die Wette. Die Rahen läuteten ihr trauriges Ende ein. Die Naturgesetze kannten an diesem Tag kein Erbarmen. Tree stand auf Achtern, festgebunden an das Dreibein seines Aeroliten.[12] Der Kapitän feuerte mit Inbrunst seine Mannschaft an, gegen den Sturm nicht nachzulassen. Und er sprach ihnen Mut zu: „Seid nur ohne Furcht und Sorgen, Kinder! Ich führ euch sicher. Gott mit uns, und Sankt Benedikt!"

Er wollte in das Auge des Hurrikans vordringen, nur dort so wusste er, fände man Rettung, und er glaubte es bereits zu erspähen. In Wirklichkeit hatte der heftige Wind und die von ihm getragenen Hagelkörner seinen Schädel derart bombardiert und seinen Geist durcheinander geschüttelt, dass er lediglich angetrieben war von Hoffnung und Sehnsucht im Auge des Sturms etwas leibhaftig wahrzunehmen, was von dem Göttlichen kündet,

---

[12] Von A. P. Tree entwickelte Gerätschaft zur exakten Dokumentation und Erforschung von Luftströmungen.

das seinen Geist so beherrschte. Er wollte sehen, woran er so fest glaubte. Doch wie aus dem Schlund des Antichristen persönlich, spie die Flut ihre schwarzen Zungen auf das zerbrechliche Schiff. Der Hagel verbeulte A. P. Tree derart das Schädeldach, dass ihm die graue Hirnmasse entglitt. Mit entleertem Haupt war das Ruder nicht mehr zu halten. Niemand mehr hatte also das Kommando in der Hand. Dem Wind und den Wellen ausgesetzt, tanzte das Gefährt anstatt ins Auge des Hurrikans, in ungewisse Gegenden.

Die Mannschaft folgte unbeeindruckt den Worten ihres ehemaligen Kapitäns. Sie verrichtet unmenschliche Arbeit und noch unter Deck vermeinten Panini und Eusebius durch den Regen dabei ihren Gesang zu vernehmen:

„Gesellen folgt uns unverwandt!
Wir fahren ins Schlaraffenland,
Und stecken doch in Schlamm und Sand."

35. KAPITEL

Wie Panini und seine Kameraden Gefahr liefen ihren
Kopf zu verlieren

Als die sintflutartigen Wetter sich beruhigt hatten, wagten sich Panini und Eusebius wieder an Deck. Dichter Nebel verhinderte jede Orientierung. Das fade Plätschern gegen den Schiffsrumpf versetzte die erschöpfte Mannschaft in eine Lethargie, die gefährlich war. Man wusste nicht, wo man sich befand und lief Gefahr aufzulaufen. Alle nautische Kenntnis konnte nicht angewandt werden, solange der erstickende Nebel sie nicht frei geben würde. Unglaubliches war geschehen, die Hölle war überstanden, die Wasser waren schwarz und unbekannt. Alle Hände waren gelähmt, weil der Geist nicht mehr wusste wo er stand. Nur der Steuermann beschäftigte sich unermüdlich damit, ihre zurückgelegte Route zu rekonstruieren. Die Mannschaft beförderte, auf seinen Befehl hin, ein wissenschaftliches Instrument nach dem anderen aus dem Rumpf des Schiffes. Panini beobachtete die gespenstische Szenerie, dann starrte er hoffnungslos in das dichte Grau, lauschte den Wellen und fühlte sich das erste Mal wahrlich nackt. So nackt als wäre die Welt nicht mehr da, die ihn bisher bekleidete. Vor seinen Schöpfer tretend kann die Nacktheit nicht größer sein, dachte er. Fluchend konnte man auf der Brücke den Steuermann sein Werkzug zertrümmern hören. Von blinder Wut gepackt, schleuderte er die unbrauchbaren Teile seines Maschinensammelsuriums über Bord. Wie in einem Wolkenkuckucksheim dümpelte die Barke noch in irdischem Gewässer, doch die Wolken hatten sie undurchdringlich umschlossen, als brächten sie den Seelenverkäufer hinfort. Niemand, nicht einmal Tree, hätte sagen können, wo sie sich im Augenblick befanden. Zwischen Himmel und Erde, dem Erhabenen nahe und den feuchten Schlick noch riechend. „Ob so das Ende aussieht?", fragte sich Panini. Mit einem Mal begann er, über dieser Frage sinnierend, es zu genießen, in Unsicherheit zu schweben. Gänzlich frei, geradezu die Freiheit greifbar, fühlt man sich am machtlosesten, aber ebenso unerreichbar. Ihm war, als könnte er die Freiheit unmittelbar schauen, was niemandem, wie er im gleichen Augenblick überdeutlich wusste, sonst möglich war. Dekadentia wird das „Paradies der Freiheit"[13] genannt, fiel

---

[13] Aber das nahm bald niemand mehr so sehr ernst, was wohl daran lag, dass sich dort eigentlich alles und jeder frei nannte, bis hin zu frittierten Kartoffeln und Schnellstraßen.

ihm in den Sinn. Es könnte eine Ahnung ihn dort getroffen haben, wo alle anderen stumm auf dem nassen Boden kauernd, in die eigenen Hände starrten. Niemand fragte mehr, wohin sie trieben. Die Ausweglosigkeit schien abgemachte Sache. Panini grübelte: „Ich kann sie so nicht zurücklassen. Wie gebe ich diesen Männern ihren Willen zurück, der allein ihnen ihr Heiligstes war? Ich müsste ihn gleichsam aus dem Nichts erstarken lassen, um durchzudringen, durch die Höllen der Indifferenz! Wie kann ich das vollbringen? Und weshalb ist es nie das, was sie erhoffen, dass ich es tue? Wird mir mein Vater helfen können, dies eine Mal, *meine* Mission zu finden?" Unvermindert dichter Nebel umgab die mutlosen, vor Erschöpfung schlafenden Männer, als mit einem Ruck die Reise zu Ende ging. Der Kiel bohrte sich in saftigen Schlick und das Schlucken des seichten Wasser begleitete den Tagtraum der schlaftrunkenen Belegschaft. Sie hatten Land erreicht. Gleichzeitig schafften es die Sonnenstrahlen zu ihnen durchzudringen, sodass ihr Blick auf einen langen Sandstrand fiel, der sie willkommen hieß und in den sie sich vollkommen entkräftet sinken ließen. Nicht lange währte diese Ruhepause. Eine vielköpfige Delegation der Einwohner jenes unbekannten Kontinentes las sie am Strand auf und brachte sie zu deren Häuptling. Als sie auf die Ladeflächen der Transporter verbracht wurden, fiel ihr Blick zurück auf das offene Meer. Seite an Seite waren dort jetzt die Gefechtstürme einer Brigade von U-Booten sichtbar geworden. Alles deutete daraufhin, dass man sich durch Kriegsgebiet bewegte. Der Dschungel bot einer nicht auszumachenden Unzahl von Panzern und Raketenstellungen Tarnung, die ab und an durchs Laub zu erkennen waren.

Es begab sich zu dieser Zeit, wie sie schon bald erfahren würden, dass ein lange glimmender Konflikt zu einem Krieg sich auszuweiten drohte. Wie bereits vor vielen Seiten erwähnt, spaltete seit langer Zeit – um genau zu sein, seit der Geburt des Philosophenkönigs – ein Streit die Gelehrtenwelt und deren Anhängerschaften. Man stritt, wie der geneigte Leser bereits weiß, um die Frage, seit wann der König der Philosophen wirklich König sein konnte? Dass sich daran ein Jahrhunderte langer Streit entfacht hatte, habe ich ebenfalls bereits erwähnt. Dem ersten großen Krieg dürfen wir derweil im Folgenden beiwohnen. Dass dies nicht ohne den Preis unschuldiger Leben von statten ging, weiß man aus Erfahrung. Es scheint der Augenblick der Geschichte gekommen, da wir dabei sind, als die ersten Köpfe sich für diese Sache von ihrem Rumpf trennen sollten.

36. Kapitel

In dem die ersten Köpfe von ihrem Rumpf getrennt werden sollten

Panini wurde einem Rebellenführer namens Aug vorgeführt. Alle anderen Besatzungsmitglieder, wie auch seinen Freund Eusebius hatte man separiert und geradewegs zum Richtplatz gebracht. Der Philosophenkönig wollte sich nicht vorstellen, was man mit ihnen vorhatte. Es drängte ihn Aug, der sich offenbar als Anführer begriff, zuzureden und sein Wort für seine Begleiter zu erheben, solange es noch Zeit dazu war. Doch Aug war sich sehr wohl seiner fetten Beute bewusst: „Du bist der Philosophenkönig", hob er in herabwürdigendem Ton an, „ein wenig größer, hatte ich mir Dich schon vorgestellt. Da müssen wir erst einen passenden Zwirn ausfindig machen!" Aug lachte und Panini ignorierte diese Bemerkung und unterbrach sein Hohngelächter: „Wir wurden in dieses Land bestellt! Geht ihr so mit Euren Gästen um?"

„Ich habe Dich gerufen, gewiss, Du bist mein Gast. Und mit meinen Gästen beliebe ich zu tun, was mir beliebt."

„Was redest Du? Dem Ruf meines Vaters bin ich gefolgt, nicht Euretwegen bin ich hier, ihr seid wohl ein Untergebener von ihm und deshalb bitte ich im Namen meines Vaters um die Freilassung, nein … ," unterbrach sich der Philosophenkönig selbst, „befehle ich Dir die Freilassung meiner Kameraden! Im Namen meines Vaters!" Da begann Aug wieder sein schauderhaft grelles Gelächter. Panini hielt verblüfft inne. Aug sprach plötzlich mit bitter ernstem Ausdruck auf ihn ein: „Ich weiß, dass Du ein Scharlatan bist. Mir braucht dies niemand zu beweisen und niemand zu widerlegen. Genug, dass alle Welt so ein Aufhebens um Dich macht. Hast Du die Waffen und die Soldaten gesehen? Deinetwegen liegen wir seit unvordenklicher Zeit im Krieg. Aber nun soll ein für alle Mal Schluss sein. Ja, dein Vater hat Dir einen Brief geschrieben, stimmt, so war es! Doch hat er dies nicht ganz freiwillig getan." Kurz hielt er inne, um den Augenblick auszukosten: „Dein Vater ist in unserer Gewalt. Er ist meine Geisel! Und Du bist ein Dummkopf! Von den praktischen Dingen verstehst Du nichts! Er diente mir, Dich auf unser Eiland zu locken. Nichts hat Dein Vater hier noch zu befehlen. Hier herrsche alleine ich, der große Aug. Merke Dir eines, Du Winzling: Dir werde ich den Garaus machen, allein, damit dies elende Gezänk um den König der Philosophen ein Ende hat. Es wird die Welt mir dafür ewig dankbar sein! Du wirst Deinen Kameraden folgen, von denen die ersten Köpfe bereits in den Fluss rollen, den ich den Fluss der Kopflosen nenne. Hinaus aufs Meer treibt er die folgsamen Häupter, den Fischen als Leckerbissen zu dienen."

„Haltet ein! Ich muss nur einmal mit meinem Vater sprechen! Dann wird sich alles klären."

„Du wagst es zu fordern?! Nicht einmal jetzt, in dieser Situation, hältst Du es für nötig, zu bitten, um Aufschub zu flehen, wenigstens um Dein Leben zu betteln? Du bist geradezu vom Hochmut durchsetzt! Keine gute Kinderstube. Obendrein ist eines sicher. Es wird auch ein Gespräch zwischen Dir und deinem Vater nichts zur Klärung der Situation beitragen. Aber dennoch sei es Dir erlaubt. Ich bin ein generöser Führer und will ein Gespräch gestatten. Du sollst sehen welch jämmerliches Hirn Dich in diese Welt gezeugt hat, ohne sich auch nur eine Sekunde um Dich gekümmert zu haben."

Mit Pomp und Gloria chauffierte man den Philosophenkönig zur Strandvilla des Ex(-Königs), wie man seinen Vater hier nannte, in der man diesen als Gefangenen hielt. An einer Klippe über dem Meer schimmerte schneeweiß und einem Vogelnest gleich am Fels hängend, die Residenz des einstigen Herrschers von Dekadentia. Panini war endlich angekommen? Er war sich selbst nicht mehr sicher. Anscheinend unfehlbar hat er dieses Ziel verfolgt und schließlich erreicht. Als hätten ihn alle Wege, die er seit jener Nacht, als er sich von seiner Mutter Ikea davon gestohlen hatte, hierher gebracht. Obgleich er dieses, sein Ziel, nicht immer im Auge gehabt hat, gar oftmals beabsichtigte die Suche einzustellen und als er bereits am Ende seiner Kräfte war, gänzlich jedem Gedanken an seinen Vater abschwor. Oder verhielt es sich gerade umgekehrt, hatte das Ziel ihn verfolgt? Eine unbekannte Macht ihn vorangetrieben? Ein unumgängliches

Fatum schien sich in jenem Moment zu ereignen. Seine Sinne schwiegen, er war nur noch reines Denken. Er kam erst wieder zu seinen Wahrnehmungen, als er sich Seite an Seite mit seinem Vater Idem, Stufe für Stufe zum Meer hinunter schreiten sah. Wie in einem seiner zahlreichen Träume.

37. KAPITEL

In dem Panini das erste Mal mit seinem kantigen Vater sprechen sollte

An den ersten Blick vermochte er sich nicht zu erinnern. Waren sie sich in den Armen gelegen, hatten sie sich gar geküsst? Er wandelte wie in Trance neben seinem leiblichen Vater. Die See war zugefroren. Der Frost herrschte auf dieser Seite der Insel. Verlegen über die Tatsache, seinen Sohn das erste Mal in Gefangenschaft anzutreffen, begann Idem seinem weitgereisten Kind das Ausmaß der kleinen Eiszeit, wie er es nannte, die über die Südhälfte Dekadentias hereingebrochen war, zu erklären. Diesem war nicht nach Smalltalk, Panini saß gedankenverloren seinem Vater gegenüber auf einem Felsen, an dem sich in wärmeren Zeiten für gewöhnlich die Brandung abarbeitete. Er sah nicht seinen Vater an, er wusste nicht einmal, ob er sich schon mit einem Wort an ihn gewandt hatte. Wieviele Stunden mögen schon vergangen sein, seit er bei ihm in seiner Residenz ist. Der weiße Glanz des Eises hypnotisierte ihn gänzlich und in ihm schaukelte sich, wie ein Tsunami, die Erfahrung, seinen leiblichen Vater neben sich zu wissen, zu einer brachialen Tatsache auf. Idem sah seinem Sohn an, dass dieser in Erwägung zog aus der Situation zu entfliehen, weil sie ihm unheimlich geriet und er leichtsinnig mit dem Gedanken spielte, hinaus auf die gefrorene See zu wandeln.

„Das Eis trägt nur scheinbar. Ich würde es nicht wagen, darüber zu gehen, mein Sohn."

„Der Himmel klart auf", entgegnete Panini, als wäre dies ein Gegenbeweis.

„Ja, gerade da ist das Eis unberechenbar."

„Weißt Du, Vater", jetzt wandte er sich das erste Mal bewusst an ihn, „niemand hat mich je gefragt, ob ich es wünschte, auf diese Welt zu kommen, was ganz selbstverständlich scheint, denn niemandem ist dies möglich. Doch Vater, was mir immer ein Mangel blieb ist, dass mich auch nachträglich niemand mit meiner ungewollten Existenz versöhnte."

„Glaube mir mein Sohn, ich weiß um meine Schuld, Dir nie ein Vater gewesen zu sein, nicht einmal ein schlechter."

„Das habe ich mich oft gefragt: Wäre es besser einen schlechten Vater zu haben, als keinen?"

„Du hattest immer einen Vater, einen, der nie da war, aber Du hattest einen."

„Dann muss ich andersherum fragen: Ist es besser einen nie anwesenden Vater zu haben, als gar keinen?"

„Es ist besser, Du weißt es gibt einen, denn den kannst Du suchen. Für jeden, der sich sicher ist einen Vater zu haben, ist das Leben reicher, als für einen, der weiß er hat keinen."

„Ist die Suche so wichtig?"

„Allein die Möglichkeit zu suchen, ist wichtig, sonst gar nichts mein Sohn! Die Bezogenheit auf das Unerreichbare genügt, um Leben zu wollen."

„Also war es gar nicht von Bedeutung, dass ich Dich gefunden habe?"

„Nein, nicht wirklich. Die Umstände sind nun auch nicht sehr erfreulich. Meinen Job habe ich verloren, meine Existenz friste ich auf Gutwill eines Amokläufers. Doch das alles kann Dir gleichgültig sein. Nur meine Existenz ist von Bedeutung."

„Warum fühlst Du dann Schuld, nie bei mir gewesen zu sein."

„Weil es für den Vater auch von Bedeutung ist sein Kind zu finden. Ich hätte Dir auch nicht durch meine Anwesenheit einlösen können, dich mit der Welt zu versöhnen, wie ich es auch nicht durch meine Abwesenheit getan habe. Ich hätte nie besser sein können, als ich es bin. Und es war anscheinend das Beste, was ich tun konnte: nicht anwesend zu sein. Sieh doch nur, wie Du die Bedingungen der Möglichkeiten genutzt hast! Du kommst nicht umhin selbst herausfinden, weshalb Du in dieser Welt sein willst. Da kann ich nur wenig noch beitragen. Deshalb sitze ich hier! Meine Suche war vergeblich."

„Kannst Du Dir vorstellen, wie es ist, wenn jedermann Rat bei Dir sucht und man selbst nicht einmal sagen kann, weshalb man da ist?"

„Es ist eine schwere Aufgabe. Ihretwegen sind wir alle hier auf diesem Planeten so sehr rastlos unterwegs. Die Bedingungen deiner Möglichkeiten musst Du auswerten. Das hast Du bis jetzt ganz anständig gemeistert. Was willst Du mehr?"

„Findest Du? Wie kann ich die Bedingungen nutzen? Wie kann ich sie auch nur kennen? Werden die Möglichkeiten doch immer mehr, so kann ich meine Bedingungen gar nicht kennen. Ich müsste schon erahnen, was alles noch möglich sein wird, um sie auch richtig zu bestimmen!" Panini senkte seinen Kopf und ging ziellos umher.

„Ich finde mich des Nachts *in Nachdenken und Unruhe versetzt.*"

„Das ist kein schlechtes Zeichen, mein Sohn, wenn ich das so ausdrücklich sagen darf."

„In meinen *Nachtgedanken* bin ich der Verzweiflung nahe. Ich bin hin- und herge-, um nicht zu sagen, zerrissen von den Antinomien, die mich plagen. Schweißausbrüche und Fieberanfälle, Schwindel, der mich zu Boden zwingt und jeden Gedanken lähmt. Es handelt sich dabei um eine Krankheit ungeahnter Wirkung. Ich werde die Antinomien nicht mehr los. Sie verfolgen mich nachts, wie auch während der Tagstunden. Manchmal denke ich es gibt einen Gott und im nächsten Moment bezweifle ich es mit ganzer Inbrunst. Hat diese Welt einen Schöpfer, oder entsteht alles zufällig? War es der Zufall, dass wir uns trafen, oder war es mir von einem unbekannten Autor vorbestimmt und meine Suche nur unnötige Anstrengung? Oder hat meine Freiheit nach Dir zu suchen mich hierher gebracht?"

„Du zweifelst zu Recht. Dennoch gibt es keinen Grund zu verzweifeln."

„Ich denke, ich zweifle noch nicht genug! Ich muss selbst an meinem Zweifeln zweifeln, ich muss überhaupt zweifeln, ob ich es bin, der verzweifelt."

„Vorsicht! Du gehst zu weit, ohne Grund, gehst Du zu weit zurück! Du wirst sehen, aber Du musst vorangehen!"

„Vater sag, hat die Welt einen Anfang und ein Ende?"

„Wenn Du willst, kann ich dir beides beweisen. Wenn Du das Alte Testament studierst, muss man es annehmen. Selbst Platon erzählte vom Demiurg, der die Welt erbaute und viele Mythologien wollen wissen, dass sie einen Anfang hat. Im Vertrauen, ich glaube, das ist nur ein Trick, um mit einem Ende drohen zu können. Aber selbst Newtons Kosmologie setzt zumindest auf einen Anfang. Aber schon bei den Griechen war die Gegenfraktion vertreten. Parmenides war alles Seiende ungeworden und unvergänglich. Und selbst der Schüler Platons, der berühmte Aristoteles, hielt mehr vom ewigen Vorhandensein, als vom Vergehen der Welt. Und Newton hatte seinen Gegenspieler Leibniz, der auf eine Welt ohne Anfang spekulierte, wobei der zumindest ein mögliches Ende in Betracht zog. Du siehst, ich kann Dir beides beweisen."

„Und genau das ist mein Problem. Man kann alles und deshalb eben nichts beweisen."

„Lass es ruhen! Es ist nicht Deins! Du kannst es für dich entscheiden, wenn Du denkst, ohne diese Entscheidung nicht leben zu können."

„Was soll das? Ich bin nicht allein auf dieser Welt, ich brauche Sicherheit und deshalb suche ich nach der Wahrheit, ohne die können nicht zwei Menschen miteinander leben!"

„Recht hast Du! Das musst Du natürlich in deinen Entscheidungen berücksichtigen. Du musst die anderen in Dir immer zu Wort kommen lassen. Aber eine Wahrheit wirst Du vergeblich suchen. Lang genug sind die Menschen den Dogmatikern auf den Leim gegangen. Wenn Du etwas tun willst, beende es!"

„Wie sprichst Du von den ehrenwerten Philosophen?"

„Auch nur Menschen, kann ich mit Recht behaupten."

„Aber sollen sie mit den Skeptikern in ihren Zweifeln ertrinken?"

„Niemand sagt das. Nur die, die es sich zu einfach machen! Es gibt einen dritten Weg, den dein *Ich* gehen muss."

„Wer oder was ist mein *Ich*? Besteht die Welt aus solch Einfachem, wie dem *Ich*?"

„Die Welt ist nur so groß, wie dein Kopf."

„Ist nicht alles zusammengesetzt?"

„Auch das ließe sich nicht entscheiden. Und es gibt Vertreter der einen, wie der anderen *doxa*. Ich denke beides ist richtig. Versuchen wir ein Experiment: Halte doch einmal die Luft an! Schließe die Nase und den Mund und höre auf zu atmen, bis ich es Dir wieder gestatte!"

Panini tat, was ihm sein Vater vorschlug. Er blähte die Backen und presste die Lippen fest zusammen, die Nase hielt er sich mit ganzer Kraft mit seiner Rechten zu. Sein Gesicht färbte sich alsbald, sein Kopf schien sich dabei zu vergrößern und mit seinen Augen suchte er nach Hilfe, da sie hervor quollen und blutrot aus seinem Schädel zu platzen drohten. Er zappelte und kämpfte mit sich selbst, bis er endlich prustend seine Körperöffnungen wieder frei gab und mit lautem Röcheln Luft in sich hinein sog. „Luft! ... Luft! ... Ich brauche Luft!", japste er, „willst Du dass Ich ersticke. Weshalb hast Du mir nicht wieder erlaubt zu atmen?"

„Na, dann gibt es das Ich wohl doch."

Panini, puterrot, sah ihn erbost an.

„*Ich* brauche Luft, waren Deine Worte. Eine Behauptung, die man nicht einfach in den Wind schlagen darf."

„Ja, wie man es halt so sagt."

„Gewiss, doch dieses *Ich* hat Dich vor dem Erstickungstod bewahrt, während Du noch auf Deines Vaters Erlaubnis wartetest."

„Ein Reflex, nichts als ein Reflex."

„Ja, das *Ich* besteht aus vielen Dingen, aber es ist doch Dein *Ich*, das nach Luft verlangt und nicht Dein Reflex."

„Mein Wille zu Überleben", bemerkte Panini.

„Dein Wille wird immer geschehen!"

„Klingt seltsam, wenn Du das sagst, Vater."

Panini erhob sich ohne Idem noch einmal anzusehen und tat seinen Schritt auf das Eis. Und er versuchte einen zweiten. Das Eis schien seinem Gewicht diesmal stand zu halten.

38. Kapitel

Wie Panini in letzter Sekunde untertaucht, um unter heftigem Magendrücken sein Lebenswerk zu verfassen

„Es ist eine vage Vorstellung auf der wir wandeln, Panini!"

„Sei leise, sonst höre ich nicht das Eis knacken. Und wir sollten tunlichst darauf achten, wann es zu reißen droht."

„Wir hätten ein Schiff nehmen sollen, es ist kein Spaß tausend Meter Wasser unter sich zu wissen und einen Weg von tausend Kilometern vor sich. Wir müssen verrückt sein."

„Wenn einer verrückt ist, dann bist Du es, Eusebius, der Du einen solchen Weg mit mir gehst, offenbar ohne jede Überzeugung."

Schweigend setzten sie ihren Weg fort, Schritt auf Schritt setzend, durch diffuses Licht wandelnd, welches die ganze Umgebung gleichzeitig unendlich und allumschließend erscheinen ließ.

„Vielleicht liegt es an dem Mangel an Alternativen. Ja, ich bin ein Narr! Die anderen sind allerdings bereits jetzt schon tot. Ich verdanke Dir mein Leben. Ich bin nur verwirrt, da ich dachte, Du bist ein Mensch der Vernunft! Aber ich ahne, es ist etwas mehr als das!"

„Den Weg über das Eis zu nehmen, riet mir mein Vater. Indirekt. Du verstehst?" Eusebius nickte, das Eis knackte. Panini hielt inne. Er blickte nach unten. Durch das dünn gewordene Eis konnte er einen Schwarm ausmachen. Waren dies Haie, die unter ihnen kreuzten?

„Das Eis trägt uns, und das Eis schützt uns, aber nicht mehr lange. Wenn es zu dünn wird, dann werden sie auftauchen und versuchen uns zu verschlingen." Der Satz war noch kaum verklungen, da durchbrach vor ihnen der Gefechtsturm eines Unterseebootes die Eisdecke. Er reckte sich in voller Höhe in die Luft. Geistesgegenwärtig kletterte Panini daran empor und riss mit bloßer Hand die Stahlluke auf. „Hierhinein!" schrie er seinem Freund zu, der erstarrt auf dem Eis zurückgeblieben war. Bei dem Unterseeboot handelte es sich um ein Geisterschiff, wie sie bald feststellten. Es war keine Menschenseele an Bord. „Es muss wohl aus dem letzten großen Krieg stammen."

„Der Krieg sei noch nicht vorbei, sagt man. Hier und dort werden noch Gefechte gemeldet."

„Ein Weltenkrieg eben!"

„Sieh nur: reichlich Proviant. Das war wohl für mindestens zwei Jahre und hundert Mann Besatzung gedacht, und ich hoffe das reicht für uns beide, bis wir endlich wieder Land erreichen!"

Sie fühlten augenblicklich den gemeinen Hunger aufsteigen und machten sich dummerweise rücksichtslos über die Vorräte her. Sie verdrückten fassweise getrockneten Fisch, eingelegtes Brot und abgehangene Würste. Nach mehreren Stunden Vesper war der Proviant auf einige wenige Sandkuchen geschrumpft, und Eusebius bestand endlich darauf, sich diese als Vorrat einbehalten zu dürfen. Es stand nicht in Aussicht, dass sie in naher Zukunft festen Boden unter ihren Füßen haben würden. Panini zog sich in ein Schlafnetz zurück. Eusebius versuchte sich im Maschinenraum. Unendliche Stille machte sich um sie her breit. Wie lange hatte der Philosophenkönig schon nicht mehr nachgedacht. Sein Magen begann zu drücken, ob der reichlichen Kost, die halb verdaut in ihm rumorte. Die Schmerzen ließen ihn nicht einschlafen, was er sich selten so gewünscht hatte, wie in diesem Augenblick. Er begann aus der Not eine Tugend und für sich Notizen zu machen. Im Moment ungeahnter Völle fertigte er, sich selbst überraschend, eine kleine literarische Skizze. Obgleich er todmüde in diesem U-Boot in einer Hängematte baumelte, ließ er nicht ab, zu schreiben und verfasste in dieser Laune einundzwanzigtausendfünfhundertdreiundvierzig Seiten. Es war eben Raum und Zeit, um sich zu vergessen, bis ihn endlich der Ruf seines Freundes erreichte: „Wir haben Land in Sicht! Panini, wir können diesem Stahlungetüm entkommen", jubelte Eusebius.

„Wir sollen zu Fuß weiter?", fragte Panini ganz verstört. „Es gibt gewiss Taucheranzüge an Bord!"

„Was redest Du für einen Unsinn? Mein Vater hat mich dazu gebracht – indirekt, Du verstehst –, endlich mein philosophisches Manifest zu verfassen", faselte Panini mit glühenden Augen und hochrotem Kopf und hatte schon vergessen, was Eusebius ihm mitzuteilen versuchte. „Ist noch etwas von den Sandkuchen da?" Eusebius schüttelte den Kopf und begann ungerührt dessen, die Landung vorzubereiten. Noch als sie dabei waren von Bord zu gehen befand sich Panini in einem nicht enden wollenden Redefluss und schien nicht zu registrieren, was sie taten. „... es war wohl längst fällig. Jeder Philosoph sollte ein Buch geschrieben haben ... Einst erzählte mir jemand von Gynopolis ... " Panini erzählte von seinem Vorhaben für sein Manuskript in einer Stadt namens Gynopolis einen Verleger zu suchen, um es zu veröffentlichen. „Weshalb in Gynopolis?", wunderte sich Eusebius, „Was gibt es dort, Panini? Unsere Reise war lang, findest Du nicht? Wir sollten heimkehren. Geh mit mir zurück auf mein Landgut. Denkst Du nicht auch manchmal an die Früchte und die Genüsse dieses friedlichen Lebens auf dem Land?"

„Mein Freund, Dein Landgut gibt es nicht mehr. Eusebius, ich weiß es mag grausam klingen für Dich, doch ich will Dir keine falschen Hoffnungen lassen. Dorthin wirst Du nie wieder zurückgehen können."

„Bist Du verrückt geworden? Was soll passiert sein mit meinem Landgut?"

„Mit Deinem Gutshof ist nicht viel geschehen, wie ich mir denke, die Wirtschaft läuft gut, das Geschäft floriert, da bin ich mir sicher, sodass alle dort gebliebenen sich eines vergnüglichen Lebens erfreuen, wie ich vermute. Mit Dir hat sich aber erhebliches zugetragen, mein Freund. Du bist nicht mehr der Eusebius, den sie kannten."

„Das Schreiben ist eine schlechte Angewohnheit, es bekommt Dir nicht, Panini. Irgendwann gehe ich zurück, ob Du willst oder nicht, ob Du mitkommst oder nicht!"

„Wie Du meinst, doch vorher mein Freund, brauche ich noch einmal Deine Unterstützung. Um in Gynopolis anzukommen brauche ich eine Empfehlung! Die Unterstützung eines Meisters, der sich mit solcherlei Aufzeichnungen – philosophischen Aufzeichnungen –, wie ich sie unternommen habe, auskennt. Es handelt sich um eine ganz neuartige Sichtweise auf die Dinge, die äußerst scharfen Verstand erfordert, sie zu beurteilen." Die Kälte des Eismeeres und das anhaltende Magendrücken hatten Panini also genötigt, endlich seine Sichtweise von dem Nichtstun kundzutun. „Von dem Nichtstun?", fragte Eusebius, der dabei beinahe ins Stolpern gekommen wäre. „Ein Philosoph, wie ich es nun einmal von Natur aus bin, hat nur lang genug zu schweigen", erklärte Panini, „bis er endlich ein eigenes Land, einen eignen Boden hat, eine ganz verschwiegene, wachsende, blühende Welt, heimliche Gärten gleichsam, von denen niemand etwas ahnen durfte. Oh wie wir glücklich sind, wir Erkennenden, vorausgesetzt, dass wir nur lange genug zu schweigen wissen!" Eusebius war zunehmend verwundert, Panini beängstigend euphorisiert: „Nach Gynopolis will ich gehen, in jene Stadt, in der die Wende sich schon einmal vollzogen hat ... und immer wieder sich vollziehen könnte. Und Du sollst meinem Werk das Vorwort verpassen! Einen Lobvers auf Panini und sein Buch, um sein Werk anzukündigen, Du verstehst?!" Eusebius gab sich geschlagen und begann unvermittelt: „In Ordnung! Damit Du Ruhe gibst. Ich habe eine Idee. Wie wäre es damit:

„Lehren kündet dieses Buch, die (nicht) kannten die Forscher der Alten,

Selbst dem gelehrtesten Geist heute sie wunderbar sind.

Denn nach neuem Gesetz wird gezeigt der Sterne Verhalten:

Glaubtest, die Erde steh´ still; siehe, jetzt kreist sie geschwind.

Rühme das Altertum, das so reich ist an Künstlern und Weisen,

Doch auch neuem Bemühen weigre nicht Loblied und Ehr´!

Reifem Geiste nicht graut vor der Lehre und diesen Beweisen;

Schaden bringt dir allein neidiger Mensch Begehr.

*Gräme dich nicht, wenn auch selten ein Lob dies Büchlein nur
findet,*
Billigt´s e i n trefflicher Mann, sei Genüge getan."

„Geradezu genial!", befand der Herr Philosoph.

„Allerdings muss ich mir Änderungen vorbehalten,
habe ich das Buch ja noch nicht gelesen", bemerkte Eusebius, „dies alles, so wahr ich Dir blind vertraue, mein
Freund, unter Vorbehalt."
Ein letzter Schritt und beide hatten wieder festen Boden
unter den Füßen.

39. KAPITEL

*Da Eusebius heimlich in Paninis Werk las und diesen
ungehemmt seinen Zorn darüber spüren ließ*

Als Eusebius mit dem Buch zu Ende war, bereute er,
dass er sich heimlich Zugang zu Paninis Werk verschafft
hatte. Es würde eine peinliche Angelegenheit, wenn dieser davon erfährt und er musste es erfahren, denn Eusebius war ebenso wütend, wie beschämt. Von einem Augenblick auf den anderen verblasste das hohe Ansehen,
das Panini bei ihm bislang genoss, wie eine alte Fotogra-
phie. Er hielt so unheimlich große Stücke auf dessen Gedanken. In Paris vor der Kongregation der Wissenshaften
hatte Panini nicht zuletzt Eusebius´ Vorstellungen verteidigt. Und er hatte es mit solcher Selbstlosigkeit vorgetra-
gen, dass es ihm noch heute hohen Respekt abverlangte.
Der Inquisition hat er sich nicht gebeugt, nichts hat er
davon widerrufen, alles auf sich genommen, ein Held,
wenn es um Inhalte ging. Und jetzt dies! Ein Desaster an
Verkopftheit. Bei diesem Werk handelte es sich keineswegs
um eine Auslegung, geschweige denn eine Fortsetzung
dessen, was er über die Jahre von sich gegeben hatte. Es

war keine Entwicklung, geradezu ein Verfall jeglicher Inspiration zu diagnostizieren. Was Eusebius da in dieser dunklen Nacht aus den Satteltaschen Paninis gezogen hatte, war zwar einundzwanzigtausendfünfhundertdreiundvierzig Seiten dick, aber das Papier nicht wert, auf dem es stand. Panini konnte es mit dem Philosophieren nicht allzu ernst meinen. Alles bislang Abgesonderte war offenbar reines Zufallsprodukt und überdies restlos abgekupfert, wie es schien. Ein Plagiat sonderlichen Ausmaßes. Auf keinem dieser vielen Blätter stand ja auch nur ein Wort, dessen Urheber Panini sich hätte ungestraft nennen dürfen. Die komplette Schrift eine Abschrift aus Jahrhunderten der Wissenschaft und des Philosophierens. Nur ein Idiot könnte dieses Sammelsurium an Gelehrsamkeiten als sein eigenes Werk bezeichnen. Kopiert hat er und abgeschrieben, aus dem Geiste wohl, das kann man ihm zu Gute halten, aber dennoch, es ist nichts als geklautes Wortwerk. Oh, wie hatte er sich doch in der Kompetenz seines Freundes getäuscht. Eusebius ärgerte sich maßlos, nicht darauf bestanden zu haben, zuerst einen Blick in das Manuskript werfen zu dürfen, ehe er sich zu einer Lobpreisung hinreißen lassen würde. Man hätte es als launigen Scherz mit Humor nehmen können. Jetzt allerdings war die Situation verfahren genug, ihre Freundschaft zu gefährden. Er hat Panini hintergangen und gleichzeitig sich selbst die größte Enttäuschung zugefügt. Zwar steckte das vermeintliche Machwerk wieder in seinem Leder, aber alle Hoffnung und den Glauben auf eine geheimnisvolle Weisheit, die sich noch darin verbergen könnte, und die ihm entgangen wäre, verblasste mit Anbruch des Tages gänzlich. In blindem Vertrauen hat er Panini seinen Lobvers geschenkt, den er jetzt, als sein Freund, hätte zurückziehen müssen! Für ein Manuskript, das nichts

Neues enthält, nicht mehr darlegt, als was in allen Bibliotheken dieser Welt bereits haufenweise verzeichnet steht. Letztendlich verteidigt sein Vorwort ein Werk der Hochstapelei, wenn es denn tatsächlich in Druck geht. Panini hatte ihn missbraucht, als er ihn bat, seine lyrischen Qualitäten für eine Hymne dieses Machewerks nach Gynopolis vorauszuschicken. Gerechterweise muss ich an dieser Stelle einräumen, stimmte dies alles nicht in letzter Konsequenz. Eusebius übersah in jener Nacht nämlich eine Kleinigkeit. Ein einziges Wort.

Sobald sich Panini aus dem Nachtlager erhoben hatte, konnte Eusebius es ihm nicht länger verhehlen, dass er im Bilde war über den Inhalt seines üblen Machwerkes und zog ganz gegen seine Art so ungehobelt vom Leder, dass Panini darüber zweifelte, ob er wirklich bereits wach war oder sich in einen unmöglichen Traum verirrt hatte.

„Beruhige dich mein Freund, lass mich doch endlich ein paar Worte zu meiner Verteidigung sagen", unterbrach Panini um die Situation wieder unter Kontrolle zu bekommen. Eusebius hatte in einer Wuttirade seinem Unmut ungehemmt Luft gemacht, doch schließlich blieb ihm angesichts des Gleichmutes, den Panini an den Tag legte, die Spucke weg. Gleichsam erschöpft hielt er inne und überließ Panini endlich das Wort, nachdem er mit folgendem Satz geendigt hatte: „Was ist dieses Buch anderes als Ressourcenverschwendung? Wo doch alle Welt – oh, dieses abscheuliche Wort – auf die Erlösung wartet!"

Apropos „Welt", hier muss ich mich noch einmal einschalten und etwas einschieben, da Ihr, ausdauernder Leser, das Manuskript nicht vor Euch habt und aus dem Dialog nicht erkennen könnt, was von Bedeutung schien. „WELT" war jenes besagte einzige Wort des Manuskriptes, welches originär von Panini stammte. Ihr werdet sagen, was soll der Unsinn nun schon wieder: In welchem Buch taucht dieses Wort nicht auf? Doch, es handelte sich um „WELT", geschrieben mit vier großen Lettern.

„Ich habe nie behauptet", entgegnete Panini, mittlerweile auch etwas in Rage gekommen, „dass ich Erlösung bringen will."

„Du bist der Philosophenkönig! Du hast Verantwortung! Stelle Dich endlich dem wahren Leben! Stelle Dich Deiner Aufgabe!"

„Jetzt fängst Du auch noch damit an. Aber Du irrst. Nein, Du bist irre! Das Problem wird nicht verschwinden, weil ich eine Lösung biete. Nein, es wird erst verschwinden, wenn ihr es nicht mehr seht. Da muss schon jedermann selbst etwas dazutun."

„Welch billiger Trick?"

„Es ist kein Trick. Wir wollen uns nicht mehr länger damit aufhalten Probleme zu kreieren für Lösungen die wir parat halten!"

„Was faselst Du dann einundzwanzigtausendfünfhundertundvierzig Seiten lang dummes Zeug?!"

„Dreiundvierzig! Auf einundzwanzigtausendfünfhundert und dreiundvierzig Seiten, um genau zu sein", insistierte Panini, „so viele brauchte ich, um eben keine Fußnote zu unterschlagen."

„Alles dummes, längst bekanntes Zeug, das Du Dir aus den Bibliotheken der Welt zusammengelesen, um nicht zu sagen gestohlen hast. Alles was Dir je unter die Augen gekommen ist, hast Du verwurstet. Es ist alles bekannt, was Du schreibst, Du hast alles abgeschrieben. Das ganze Buch besteht nur aus Fußnoten! Ein unübersehbarer Wust an Zitaten!"

„Das bestreite ich nicht. Dennoch tust Du mir Unrecht, lieber Eusebius. Lass es Dir erklären. Du hast recht, wenn Du sagst, es ist alles bereits einmal gesagt; aber das ist das eigentlich Tragische. Das ist es, was ich versuchte ebenda mitzuteilen. Und dazu musste man es erst einmal schaffen, alles in einem Buch zusammenzuschreiben. All das hat uns der Welt kein Stück näher gebracht. Es hat uns aber immer angetrieben eine Welt zu erschaffen. Und zwar eine, die wir verdienen. Darüber sollte man sich in ständigem Nachdenken vertiefen. Alles ist nur eine Fußnote, dieser immer neu erstehenden *WELT*. Und deshalb bleibt „WELT" die einzige Wahrheit für uns, für immer!"

„Es ist und bleibt der größte Schwindel, der mir je untergekommen ist! Denk Dir etwas Neues aus, bis wir in Gynopolis ankommen! Und ich rate Dir etwas Gescheites, ansonsten lasse ich mein Vorwort offiziell von Dir dementieren!" Endgültig erbost entgegnete Panini: „Du bist gar nicht in der Lage meine Gedanken nachzuvollziehen. So sehe ich das jetzt! Ich pfeife auf dein Vorwort!"

„Wie willst Du je anerkannt sein in der Welt der Philosophie, wenn Du Dir nichts Neues überlegst? Neu muss es sein! Nicht die Gedanken der alten Untoten, die dein Hirn verstopfen. Ein guter Rat: Verbrenne es!" Als Panini sich von Eusebius zutiefst gekränkt sah, stand er auf, nahm sein Manuskript, sah es einen langen Moment an und ließ Eusebius sitzen.

„Ich schreibe für eine alte Welt. Ich schreibe für eine neue Zeit", sagte er enttäuscht zu sich selbst, „die sich erinnern sollte, was es hieß Mensch zu sein. Es war ein verrücktes Experiment. In dem alle mit Haut und Haar drinsteckten, ohne zu ahnen, dass sie nur einem Glauben huldigten, der *Wahrheit* hieß. Sie waren eingeladen auf eine Rutschpartie der Vernunft. Aber wie immer, erwies sich am Ende, man hätte selbstredend immer auch ganz anders gekonnt."

40. KAPITEL

Wie die Helden sich aus dem Weg gingen und Panini mit einem Fuß im Paradies wandelte

Die Nacht haben sie getrennt voneinander verbracht. Von weit oben aus dem Weltenall hätte man zwei Lagerfeuer brennen sehen können, die nicht weit voneinander entfernt, aber dennoch entfernt voneinander ihre Flämmchen in die Höhe schickten. An diesem Abend verloren sich die Blicke der beiden zwischen den Sternen im Unendlichen und der kleine Panini vermochte sich selbst zu beobachten, wie er durch einen Sternengarten wandelte. Er war so groß, dass er die ein oder anderen Sonne aufgriff, um sie in eine ferne Galaxie zu schleudern. Er machte einen sichtlich zufriedenen Eindruck und bettete sich in einen Spiralnebel, um die Füße baumeln zu lassen. Dieser Sternengarten musste das Paradies sein. Keine Trübsal weit und breit, nicht einmal schlechte Gedanken waren möglich. Während er sich noch wunderte, sprach ihn eine Frau an, unübersehbar einen unproportioniert dicken Bauch vor sich hertragend. Sie schien ihn zu kennen, er hingegen war sich sicher, sie nie vorher gesehen zu haben. Nein, einen Philosophenkönig kenne er nicht. Es müsse sich um eine Verwechslung handeln. Er lächelte sie dabei herzlich an und hielt es dennoch nicht einmal für gebührlich, sich für seine Antwort zu erheben. Die Frau schien nicht befriedigt mit der selbigen, sie redete zunehmend energischer auf ihn ein, und der Ton verschärfte sich unangenehm. Noch lächelte Panini und wollte sie abwimmeln, indem er versuchte, sie zu überzeugen, dass sie hier allein seien. Niemand außer ihnen beiden scheint sich hier in diesem Paradies herumzutreiben, da sei es doch vollkommen sinnlos Probleme zu wälzen. Es gelang ihm nicht sie umzustimmen, schon gar nicht sie aufzumuntern, während er sich einer stoischen Ruhe erfreute. Die Schwangere verwies auf die Last ihres überdimensional angeschwollenen Bauches, den sie verdammt sei, vor sich her zu tragen. Als Panini sich nun doch genötigt sah, sich von seinem Ruhebett zu erheben, um der Unterredung seinerseits ihr nötiges Gewicht zu verleihen, nahm die Sache ihren unschicklichen Lauf. Die Dame wurde unvermittelt handgreiflich, obgleich er ihr klar zu machen versuchte, dass er wohl keine Schuld an ihrem Bauch trüge. Sie insistierte weiter und erzählte von den anderen Schwangeren. Unzählige Frauen trügen einen Bauch von solchem Ausmaß vor sich her, und er sei doch geboren worden, also sei es an ihm, endlich etwas dagegen zu unternehmen. Ansonsten hätte auch er es nicht verdient, das Leben! „Mein Leben wollt ihr mir streitig machen? Was bindet mich an Euer Schicksal?" Er wehrt ihre Annäherung ab, begann zu toben und stieß sie schließlich so hart, dass sie fiel. Aber es war ihm unmöglich ihren Fall zu verfolgen. Er sah beim besten Willen nicht, wohin sie gefallen war. Mit einem Mal waren viele Menschen um ihn. Man zerrte an ihm, an Beinen und Armen. Er zappelt plötzlich, wie in einem Netz, von unzähligen Leibern umringt. Es roch ekelerregend nach getrocknetem Urin und Schweiß. Er selbst schwitzte aus allen Poren, jedoch war ihm sehr genau bewusst, es war nicht sein eigener Schweiß, er schwitzte fremden Schweiß aus seinen Poren und dicke Bäuche trommelten wie Gummibälle auf ihn ein. Er schlug die Augen auf. „Nach Gynopolis?!" Die Nacht war verschwunden, und er sah nur noch Sterne.

41. Kapitel

*Wie in Gynopolis eine nie dagewesene Masse Karneval
am Strang feierte*

Wie das Meer einst wogte, so nun eine Masse von
Köpfen vor ihren flimmernden Augen. Verschiedenste
Köpfe, sei betont, von *Menschen* wohl, die unterschiedli-
cher nicht sein konnten. Es war ein heftiger Schlag, den er
– noch kaum dem Traum entronnen – abbekommen hatte,
weshalb er zweifelte, ob es wirklich geben konnte, was er
augenscheinlich gewahrte. Nicht nur untereinander un-
terschieden sich die Kreaturen in höchstem Maße. Jede
Gestalt war in sich eine inkonsistente, idiosynkratische
Erscheinung, deren jeweilige Kopfgröße in keiner Weise
mit der Rumpflänge korrespondierte; und ihre Kleidung
nicht mit ihren Grimassen. Vielmehr hatte Panini den
Eindruck alles verhalte sich quasi diametral entgegenge-
setzt zueinander. Saß auf den Schultern ein überdimensi-
onaler Ballon, dann lugten Bauch und Rumpf darunter
kaum noch hervor. Auf den größten Bäuchen ruhten hingegen die kleinsten Erbsenköpfe. Frauen mit drallen Brüsten drohten auf ihren kurzen Beinstümpfen wackelnd
umzuknicken. Diejenigen mit den allzu fetten Ärschen
jedoch entbehrten jeder Mutterbrust. Junge lausbübische
Knaben überragten so manches Mannsbild und trugen
dabei festliches Gewand, während herrschaftliche Herren
in Lumpen gingen und sich nicht einmal sichtlich unwohl
dabei fühlten. Einige Mädchen konnten es mit der zur
Schaustellung ihrer Weiblichkeit gerne mit jeder Prostituierten aufnehmen, während die Hurengesichter kostbars-
tes Gebinde auf ihrem Haupt tragend unschuldig grinsten
und Hofdamen in schlaffen Trainingsanzügen johlend vor
Begeisterung empor sprangen. Die buckligsten und ver-
härmtesten Gesichter trugen Schlips und Kragen, Bauern-

söhne trugen Janker aus purer Seide. Die Aristokraten-brut trug Rolex und goldenes Geschmeide zur Schau. Der Henkersstrick rieb Eusebius und Panini derweilen die Haut ihrer Hälse wund. Sie sollten ihre Köpfe lieber still halten, wenn auch der Anblick dessen, was sich vor ihren Augen abspielte zu exotisch gestaltete, als dass sie ruhig bleiben konnten. Fasziniert von den glotzenden Gestalten um sie her, vergaßen sie beinahe die Absurdität und den Ernst ihrer Lage. Sie fragten sich, ob man sie unter Dro-gen gesetzt hatte, um sie eventuell verhören zu können und die augenscheinlich anstehende Hinrichtung nur Produkt ihrer eigenen Fantasie war. Schallende Rufe der Meute nach ihrem Tod lenkten ihre Gedanken wieder auf die real wirkende, unaufhörlich lechzende Menschenmas-se. Sie hätten in diesem Moment ihres Lebens nicht ein-mal beschwören mögen, ob es sich um Menschen handel-te, denen offenbar nichts wichtiger schien, als dass es zwei Delinquenten an den Kragen ging. Eine große Men-ge Soldaten befand sich unter dem Volk, das konnte man wohl erkennen, aber auch Hebammen und Bankierssöh-ne, Handwerker und Bauern, Politikprominenz und Ma-fiaadel. Der Mob reckte Stöcke, Baseballschläger und Schusswaffen über die Köpfe, ihnen, den offenbar Ange-schuldigten zu drohen. Man warf mit Tierköpfen oder ganzen Kadavern nach ihnen. Sie winkten mit Taschentü-chern und Küchenmessern, um sie zu verhöhnen. Alle gemeinsam riefen sie einvernehmlich nach der baldigen Vollstreckung des Urteils. „Von welchem Urteil ist die Rede?", fragten sich unsere beiden Helden. Das Verlan-gen nach ihrer beider Tod war, wenn auch der einzige, so doch der gemeinsame Nenner, der die rasende Masse zu formieren schien. Unermüdlich schwappten Verunglimp-fungen und Spottgeschrei herauf, auf die Bühne, welche

179

die beiden Galgen trug. „Für eine Welt!" drang es an Paninis Ohren. „Für eine Welt! Macht sie tot!", war der Wortlaut, der sich aus dem Gebrüll heraus schälte und zum immer wieder kehrender Schlachtruf kulminierte. „Was soll das bedeuten?", fragte Eusebius, ohne dabei von diesem schauerlichschönen Anblick zu lassen. Panini war ratlos, zuckte nur mit den Achseln und kam dabei ins Straucheln, dass er beinahe von selbst von seinem Hocker gestürzt wäre. Eusebius hatte keine Antwort erwartet.

„Um welches Urteil geht es, Panini?"

„Mein Freund, es würde auch mir meinen Tod erleichtern, wenn ich das nur wüsste", entgegnete Panini.

„Vollstreckt das Urteil! Macht sie tot! Für eine Welt!", schallte es aus dem Meer der Wahnsinnigen. „Für eine Welt! Für eine Welt!", skandierten sie ohne Ende. Die Jury, die von den Verurteilten unbemerkt, hinter ihnen das Podest erklommen hatte, ließ auf Fingerzeig die Masse verstummen. Alles lauschte auf den Vorsitzenden und dessen Verlesung der Urteilsverkündigung. Der genuschelte Inhalt der Anklageschrift ging völlig unter im Murren und Rauschen der unruhigen Masse.

„Merkst Du etwas, Panini? Es geht allein um die Vollstreckung des Urteils, es muss lediglich vollzogen werden!" flüsterte Eusebius.

„Das Urteil will vollzogen sein!? Ja, Eusebius, ich kann Dir folgen!"

„Kannst Du wohl!", rief er seinem Kumpan zu und streifte sich gleichzeitig die Henkersschlinge über den Kopf.

„Was machst Du, mein Freund?", stotterte Panini.

„Du glaubst doch nicht, dass ich tue, was sie von uns verlangen. Sie verlangen von uns, dass wir uns in den Strang stürzen, ihr Urteil zu vollstrecken! Ich habe noch etwas vor, und Du, denke ich, auch!? Also zögere nicht länger. Komm endlich!"

„Ist das nicht wahnsinnig? Wir sollten uns selbst richten?"

„Das Urteil will vollstreckt sein, Panini, nichts weiter! Ja, es ist wahnsinnig! Doch nimm endlich die Schlinge ab! Wir vollstrecken nach unserer Art!"

„Du bist ein König, Eusebius!", rief Panini begeistert, sprang aus der Schlinge und hinab zu seinem Freund. Die Menge brach sofort in frenetischen Beifall aus. „Hörst Du das?", schrie Eusebius seinem Freund ins Ohr, dann verbeugte er sich huldvoll mit einem Knicks vor der brodelnden Kreaturenschau. Mit ungeahntem Jubel und in Hysterie quittierten sie deren Dreistigkeit wie eine Heldentat. „Ich wäre nicht darauf gekommen, Eusebius. Du bist ein Genie!" Mit diesen Worten und noch unzähligen Verbeugungen gingen die beiden mit erhobenen Händen und zu vier *Victory*-Zeichen[14] gespreizten Fingern durch eine frenetisch jubelnde Menge, bis sie schließlich an den Stadttoren von Gynopolis angelangt waren. Dort bestiegen sie zwei bereitgestellte Pferde und ritten aus der Stadt, ohne eine Ahnung zu haben, wohin sie ihr Schicksal nun noch führen sollte.

42. KAPITEL

Wie der Zufall die Helden in die Schlacht führte, die niemand wollte

Das Verhältnis zwischen den beiden Freunden schien durch die letzte Heldentat wieder einigermaßen gekittet, doch deutete ihr wortloses Nebeneinanderher

---

14 Besser bekannt als die „Ackermann-Kralle".

darauf hin, dass irgendetwas noch nicht verdaut war. Ihre Reise war ziellos geworden. Gynopolis lag hinter ihnen. Mit tief hängenden Köpfen schaukelten sie auf ihren Pferden und überließen sich ganz dem Willen ihrer Vierbeiner. So ging es Stunde um Stunde dahin. Bis sie von blecherner Musik erweckt wurden. Nun nahmen sie seit langem wieder Blickkontakt auf. Die Musik entwickelte sich zu einer Kakophonie aus metallenem Scheppern und hölzernem Geklapper, stellenweise – und das stimmte die beiden skeptisch – unterbrochen von gequälten und von Schmerz kündenden menschlichen Lauten. Die Pferde wurden sehr unruhig, begannen zu scheuen und wollten den Weg verlassen. Panini stieß ein übellauniges „Was ist nun los?" hervor, ohne wirklich Willens gewesen zu sein, sich um irgendetwas ernsthaft zu kümmern. Eusebius hingegen war sogleich aufs äußerste gespannt. Er drehte sich im Sattel ringsum und stieß wiederholt ein erregtes „Sieh doch!" hervor.

„Wir sind ohne es zu bemerken inmitten einer Schlacht gelandet!", fügte er hinzu.

„Ein Schlachtfeld?", fragte Panini, noch immer reichlich desinteressiert. „Wirklich ein Schlachtfeld? Das lag nun ganz und gar nicht in meiner Absicht, Eusebius! Wie konnte uns das geschehen?"

„Öffne endlich deine Augen!", schrie Eusebius seinen Freund an und der sah! Und fand sich in einem Inferno wieder! So weit das Auge reichte, waren sie umgeben von mörderischem Gemetzel. Eingekesselt von Uniformierten, die bunt gemischt über die vor ihnen liegende Ebene verstreut kämpften, schossen und starben. Massakrierte, erdolchte Leiber, dazwischen rennende und schreiende Soldaten, dampfende aufgeschlitzte Pferdekadaver, zuckende Menschenkörper in glitschigen Lachen von Blut. Manch einer bewusstlos wimmernd, manch anderer um Erlösung flehend und Dritte irgendeinen Allmächtigen bittend. Kanonendonner, Klingenrasseln, Kampfgeschrei und das Gurgeln des Todes verschlangen die beiden unbedarft Reisenden. „Es darf doch nicht wahr sein! Wie konnte uns dies geschehen, Eusebius? Uns? Wir waren doch längst gewarnt. Weshalb waren wir nur so in unseren eigenen Gedanken verloren? Alles nur wegen unseres Streites, mein Freund? Wegen meines Buches?! Jetzt stecken wir mittendrin, wir Hornochsen. Und haben nicht einmal eine Waffe zur Hand!"

„Einen Moment! Ist Dir aufgefallen, dass man uns bislang noch nicht behelligt hat. Man scheint uns noch nicht einmal bemerkt zu haben, Panini. Reiten wir doch einfach weiter und versuchen wir ungeschoren hindurch zu kommen! Es hat schon einmal funktioniert."

Sie gaben ihren Gäulen die Schenkel und setzten sich vorsichtig wieder in Bewegung. Wahrhaftig, niemand schien sich um die beiden fremden Zivilisten zu kümmern. Rechts und Links kippten die Soldaten reihenweise in den Tod. Gewehrkugeln zischten über ihre Köpfen hinweg. Es war für die Pferde beschwerlich zwischen den Körpern hindurch zu staken, ohne dabei ins Straucheln zu geraten, aber ihre Reiter gaben sich hartnäckig. „Dort drüben! Ein Waldstück! Lass uns versuchen den Waldrand zu erreichen", flüsterte Eusebius, „dort können wir uns verstecken!" Die Schlacht konzentrierte sich auf die Ebene und sie konnten tatsächlich unbehelligt im Wald rasten. Der Schlachtenlärm drang nur noch gedämpft zu ihnen ins Dickicht. Erleichtert setzten sie sich, um zu verschnaufen. Doch zum Begreifen war kleine Zeit. Noch ehe sie Gelegenheit bekamen die Geschehnisse zu verdauen, vernahmen sie klar und deutlich, tiefer im Wald, die verzweifelten Schreie einer Frau, gefolgt von hämischem Männergelächter. Nun war Panini sofort auf den Beinen. Gefolgt von Eusebius schlug er sich durchs unterste Unterholz in Richtung des Gelächters und Geschreis. Auf einer kleinen Lichtung entdeckten sie schließlich ein halbes Duzend Uniformierter. Sie vergingen sich an zwei gefesselten Frauen, die sie in ihrer Mitte auf dem Boden angepflockt hatten. Entkleidet und geknebelt lagen die Mädchen wehrlos auf dem Rücken. Die Knebel nahmen die Männer ihnen von Zeit zu Zeit aus dem Mund, um sich an ihren Schreien zu ergötzen. Panini und Eusebius konnten nicht zögern. Selbst ohne Waffen drangen sie, ohne sich vorher zu besprechen, wie auf ein Kommando vor, stürzten aus dem Dickicht hinaus auf die Lichtung und positionierten sich mit einem Satz inmitten der Halunken, zwischen den beiden in Todesangst wimmernden Frauen. Mit bloßen Fäusten erwarteten sie die Reaktion der Vergewaltiger. Doch auch hier dasselbe Bild, wie auf dem Schlachtfeld. Die Bande Uniformierter ignorierten sie und mehr noch: Panini und Eusebius hatten den Eindruck, sie schienen von diesen gar nicht wahrgenommen zu werden. Ungemindert und ungehemmt vollbrachten sie ihr schändliches Werk, während die Freunde fassungslos und gelähmt mitten unter ihnen standen. Sie verharrten versteinert in ihren Bewegungen, bis schließlich einer der Soldaten sich erhob und brüllte:

„Stopp! Aufhören Männer!"

Es wurde still, er sah sich um und fügte hinzu: „Wir werden beobachtet!"

„Bist Du verrückt geworden? Hier ist niemand!", entgegnete ein anderer, der ihn am Kragen zu sich zog und fortfahren wollte, sich über eine der Frauen herzumachen, schließlich aber, wie von einem Blitz getroffen, inne hielt und wie von Sinnen rief:

„Wir werden beobachtet, Männer!"

Die restlichen sechs erhoben sich, sahen sich reihum an und starrten erschrocken in den finsteren Wald. Eusebius und Panini kehrten sie ihre Rücken und nahmen keinerlei Notiz von ihnen. Nun folgte ein seltsames Ballett. Während die geschundenen Mädchen am Boden um ihr Leben flehten, führten die Männer über ihnen einen skurril anmutenden Tanz auf, eine Zeitlupen-Choreografie. In ihren Bewegungen umkreisten sie sich gegenseitig, belauerten sich ohne sich zu berühren. Eusebius wagte es als erster zu sprechen: „Was geht hier vor, Panini?" Panini währenddessen bückte sich geistesgegenwärtig und durchschnitt sehr behutsam, als wollte er durch das Schnittgeräusch niemanden wecken, die Fesseln der beiden Opfer, die erschrocken ihr Wimmern einstellten. Die Uniformierten entflohen plötzlich mit lautem Geschrei ins Licht des Schlachtfeldes. „Sie haben schließlich doch bemerkt, dass sie beobachtet wurden." Eusebius lachte fassungslos, bis sie endlich beide vor Erleichterung aus sich herausbrüllten, während die beiden Zivilistinnen verstört im Dunkel des Waldes ihr Heil suchten.

43. KAPITEL

Eine kurze Nacht und das Ende einer langen Reise?

Am Abend nach diesen Ereignissen, auf einer versteckten Lichtung, um ein Feuer lagernd, war beiden, wie man nur gut verstehen kann, nicht vergönnt rasch einzuschlafen. Hypnotisiert vom Reigen der Flammen hockten sie stumm bis tief in die Nacht nebeneinander auf ihren Schlafsäcken. Wovon mag man träumen, wenn einem noch einmal der Strick erspart geblieben ist, und man gezwungen war tatenlos die bestialischen Grausamkeiten der Menschen mit ansehen zu müssen? Von den fundamentalsten Dingen, würde der Unbehelligte vermuten, von existentiellen Bedürfnissen, unumstößlichen Werten, den einzig wahren Freuden? So stieß nach Stunden Eusebius unvermittelt in das Schweigen und Panini benötigte keine Sekunde um darauf zu antworten:

„Ich habe Hunger, Du nicht auch, Panini?"

„Menschen gehen von Subjekten aus. Das kettet sie an den Kern ihres Problems!"

Die beiden sahen sich für einen Moment in die Augen, ehe Panini wie elektrisiert fortfuhr: „Mit dem Subjekt ist selbst die Philosophie der Sprache auf den Leim gegangen. Sie ist geschaffen für die Beobachtungen erster Ordnung. Was das Geschäft mit der Philosophie nicht einfach macht. Deshalb erscheint sie den meisten Menschen so unverständlich. Weil sie sich permanent um den Versuch bemüht mit einer Sprache das auszudrücken, wofür diese überhaupt nicht geschaffen ist! Einer Sprache, die ohne Subjekt nicht funktioniert! Letztendlich verhält sie sich wie der Hund, der seinem Schwanz nachjagt, ohne zu wissen, dass sein Anfang am Ende beginnt."

„Wie soll ich sprechen, ohne meine Sprache, und ohne einen Bissen zu essen?"

„Wer zwingt Dich zu sprechen?"

„Wir können nicht schweigen, sowenig, wie wir nicht nicht atmen können."

„Ja, ja, es tönt an allen Ecken und Enden. Und ganz viel Geschrei dazwischen! Mit dieser Bürde leben wir, selbst in Kenntnis der einzigen Wahrheit, dass nur das Schweigen bliebe."

„Nie gab es mehr Lärm um Nichts, als heute. Es tönt, als raffte sich die Menschheit zu einem letzten, infernalen, kollektiven Todesgeschrei auf."

„Wenn man darüber nachdenkt, dann ist es ganz selbstverständliches Geschwätz. Erst, wenn man unaufmerksam wird, wenn einem die Sinne zu einem einzigen verschmelzen, die Inhalte einem nicht mehr ihre Wichtigkeit aufdrängen, dann lassen sich alle Stimmen auf einmal vernehmen; und eine weltumspannende Kakophonie droht einen zu übermannen! So lass uns nicht weiter zögern, Eusebius, wirf es in den Fluss, den Krebsen zum Fraß!"

„Wovon redest Du?"

„Von meinem Manuskript, diesem kindischen Versuch, etwas mitteilen zu wollen. Wir können nur verstehen, Eusebius. Mehr nicht!"

„Wie lebt man dann bis an sein Ende?"

„So, wie man ein Haus zu Ende bauen kann, indem man einen Stein nach dem anderen gebraucht. Stein oder nicht Stein, das ist dann doch nicht einmal eine Frage!"

„Heureka! Das ist es!"

„Wir hausen nun mal in fest gefügten Mauern."

„Ich denke, es ist genug mit unserer Reise! Es ist die Zeit zur Ruhe zu kommen! Zurückkehren auf meinen Landsitz kann ich nicht mehr, das weiß ich jetzt wohl. Doch was Du von den Steinen sagtest, ist wohl ein guter Anstoß!"

„Du hast eine Vision?"

„Wir bauen unsere eigene Stadt: Utopia wartet nicht!"

„Du glaubst ernsthaft, wir sollten eine Stadt erbauen? Es gibt bereits unzählige misslungene Versuche!"

„Allein es gilt *unsere* Stadt zu bauen, Panini! Du hast es eben selbst gesagt!"

„Es war nur ein Bild, mein Freund, eine Metapher!"

„Weißt Du, es gibt viele Vermögen, die den Menschen ausmachen. Allein die überlegte Tat macht das Menschsein aus."

„Lass uns morgen damit beginnen!"

44. KAPITEL

Wie man in bilateraler Euphorie begann an Utopia zu arbeiten, während sich der Horizont schon verfinsterte

Nachdem bereits am nächsten Vormittag eine bislang kaum durchdringbare Masse an Unterholz und Dornengestrüpp entfernt und eine unvorstellbare Menge an Hochwald gerodet waren, hatten sie sich eine Lichtung unerhörten Ausmaßes geschaffen und konnten beginnen an der Stelle, an der sie ihren historischen Beschluss gefasst hatten, den ersten Stein für ein neues *Utopia* zu setzen. Die folgenden Tage waren nicht von weniger Anstrengung geprägt, sodass sie mit enormem Arbeitspensum voranschritten, ihrer Idee eine physische Umsetzung folgen zu lassen. Sie schaufelten Fundamentgräben, schlugen Bohrpfähle ins Erdreich und planierten Quadratkilometerweise das einstige Waldgebiet. Feldsteine wurden behauen und die Baumstämme abgerichtet, Ziegel gebrannt und Wasserleitungen verlegt. Die Sonne leckte ihnen den Schweiß von der Stirn, der Regen wusch ihnen den Dreck von Armen und Händen. Die Meißel, Hämmer und Sägen tönten über die Weite ihrer selbstgeschaffenen Lichtung, beginnend mit dem ersten Marderschrei am Morgen bis zum Gutenachtkuss der Venus. Sie sprachen nicht viel, ihre Tage waren von Arbeit und Essenszeiten gegliedert, des Nachts verfielen sie in komatösen Tiefschlaf. Das Erschaffen und Werken mit Hand und Fuß wirkten sich kontemplativ auf die beiden aus. Ihre Köpfe wurden entschlackt vom Erlebnisbrei einer langen Reise. Panini spekulierte viel während der ungezählten Tage und Wochen der Schufterei. Während er die Erde durchpflügte, die Bretter und Balken stemmte, die Mauersteine zu Mauern schichtete und Beton anmischte, gewann so einiges vor seinem inneren Auge an Klarheit. Hatten die Menschen auch so lange um einen Philosophenkönig gebeten und konnten sie es nicht erwarten, bis er endlich das Licht der Welt erblickt hatte, so begriff er doch, dass es immer nur sein *Name* war und nie sein Wort dem sie gefolgt waren. Ihn, *als Person*, hatten sie erwartet; und nur diese sollte ihre Erwartungen – welche auch immer – erfüllen. In diesen Tagen wurde ihm gewiss, dass niemand jemals wirklich ihn *anhören* wollte. Alle wollten sie ihn nur ansehen, ihn anfassen, ihn anflehen, um ihr Schicksal auf seinen Schultern abzuladen, wie auf einer Schubkarre, um in der Sehnsucht etwas zu erhaschen, etwas Göttliches, etwas Erlösendes, von dem sie selbst nicht die geringste Ahnung hatten. Auf dass er sie in ihrer ganzen Passivität beließe und ihre Bequemlichkeit nicht störe, möge er sie entschuldigen und sie so endlich ihrer Bäuche entledigen. Er möge ihnen dienen als Krücke und Heiler, als Erlediger ihrer ewigen Säumnisse. Ihm haben sie den Stempel verpasst, weil ihm wollten sie die Pflicht einreden, auf Sendung zu gehen, während sie sich seiner – die Beine hoch lagernd – aus der Ferne bedienten, als wären Wunder erwartbar, wie Schnäppchen beim Teleshopping. Noch ehe ihm das Hirn zu explodieren drohte angesichts dieser Einleuchtungen, stieß er erschöpft den Spaten in die Erde, harrte für einen langen Moment aus und sog in Tiefen Zügen die Feuchte des Mutterbodens wie ein Lebenselixier in sich ein.

Eusebius war in diesen Tagen sehr viel mit seinen Planungen beschäftigt und vollkommen in seinem Projekt aufgegangen. Ihm war die Idee gekommen Utopia sollte die Form eines Fisches besitzen. Er arbeitete fieberhaft an der Umsetzung der Form. Die Stadt sollte zudem eine labyrinthische Vielfalt zum Fundament ihrer angestrebten Gerechtigkeit erhalten. Während Panini von seiner Arbeitswut Abstand nehmend, ihrer beider Unternehmungen, wie aus dem Flug eines Adlers überblickte und die wahrlich ehrbaren Visionen seines Freundes Revue passieren ließ, dämmerte ihm Unangenehmes. Eine Gewissheit schien sich in den vergangenen Tagen, ohne sein Zutun, mehr und mehr in ihm verfestigt zu haben und war in jenem Moment kulminiert. Seine Spekulationen haben klar und deutlich gezeigt, dass für ihn Utopia keine Möglichkeit mehr war. Obgleich Utopia seiner Suche entsprungen war, auf der Eusebius ihn standhaft begleitet hatte und ihm zum besten Freund geworden war. Er sah sich augenblicklich kaum im Stande seinen Kameraden von seiner Wandlung zu unterrichten. Er würde ihm niemals genügend Dank spüren lassen können, ihn nur enttäuschen. Eusebius wünschte sich für sein Utopia so sehr, dass es an Ruhm und Ansehen alles überstrahle, dass ein jeder nur den einen Wunsch in Zukunft hegen möge, hierher in ihre Stadt, in die Öffentlichkeit zu kommen, um hier zu sterben. In die einzige Stadt, die regiert wird von Panini dem Philosophenkönig, wie es geschrieben steht! Nein, er konnte ihm nicht solche Enttäuschung zufügen. So schwieg er die nächsten Tage weiter und musste mit ansehen, wie sein Freund jeden Tag freudiger an seinem Traum baute, während ihn selbst, zerfetzt von seinen Zweifeln, ein Schwächeanfall nach dem nächsten ereilte.

45. KAPITEL

Wie ein Schlag ans Schienbein oft mehr einbringt, als einer an den Kopf

Eusebius konnte nicht entgangen sein, wie geschwächt sein Freund zu Werke ging. So kam es eines Tages, als sie sich mit Spitzhacken ausgerüstet, wie jeden Morgen, auf die Baustelle begaben, ihr Tageswerk zu beginnen, dass es Eusebius nach Klarheit verlangte: „Geh dich ausruhen mein Freund! Dich scheint die Arbeit in letzter Zeit über Gebühr zu belasten. Oder sprich, wenn Dein Gewissen dich plagt!" Sofort, als habe er nur darauf gewartet, kam von Panini die Antwort: „Kannst Du mir sagen, mein Freund, für wen wir das hier alles machen?", und er schnaufte dabei, als läge der Arbeitstag bereits hinter ihm. „Für die Menschen, Panini, die auf die Erlösung warten", kam es wie selbstredend zurück.

„Individualität, mein treuer Freund", setzte der Philosophenkönig an, „ist nur noch das Trugbild, dem wir kopflos huldigen. Hör mir zu, Eusebius, *der Mensch* ist schließlich überwunden. Die Gesellschaft hat ihn unter sich begraben." Betroffen senkte er den Blick und fuhr fort: „Ob sie es beabsichtigte oder nicht, es war ihr stillschweigendes Ziel! Folglich braucht niemand länger auf einen Erlöser zu warten. Das Warten auf die Erlösung ist kein ehrliches Geschäft mehr, es dient nur dem grausamen Verfall. Weil es sich an längst Verdorbenes klammert. Der Einzelne lebt in Gesellschaft, oder er lebt gar nicht. Dann nennt man ihn Idiot. Schau Dich um! Wir bauen seit Monaten an Utopia und niemand hat bislang den Weg zu uns gefunden. Ist das nicht verwunderlich? Es sollte sich doch herumgesprochen haben. Niemand hat sich zu uns gesellt, uns bei unserer Arbeit zu unterstützen. Niemand sieht die Idee! Vergiss es Eusebius, wir brauchen nicht länger auf Menschen zu warten, glaube mir!"

Eusebius, verstummt vor Schreck, sein Blick verfinstert, konnte die Enttäuschung unmöglich verbergen, zu groß war der Schock. Irritiert und schweigend sah er seinen Freund an, als erwarte er weitere Ausführungen. Die prompt folgten: „Die gesellschaftliche Evolution hat die biologische übertroffen, sie ist ihr zeitlich überlegen. Unnötigerweise haben wir uns um die Gentechnik bemüht und uns den Fantasien vom unendlichen Leben geschenkt. Dank für die gute Unterhaltung, all den Fantasten und Dichtern! Währenddessen unbemerkt hat die Gesellschaft ihre Tentakel ausgefahren, uns längst umgarnt und zu ihrem Sozius gemacht. Dabei alle Träume wirklich werden lassen! Wir sind unsterblich, Eusebius, wir sind die Elementarteilchen des ewigen Lebens eines Gesellschaftssystems! Es fügt sich jedermann, gleichgestellt die Starken und die Schwachen, die Dummen, wie die Bösen, die Guten, wie die Wahnsinnigen. Ja, dort haben wir alle einen Platz und sind wir alle nötig! Keine Gesellschaft ohne ihre Protagonisten, verstehst Du? Da gibt es kein Entkommen mehr! Der Individualismus, Eusebius, ist die noch nicht verdaute, letzte bittere Pille dieses Spiels. Tun wir doch alle noch so, als würden wir dafür kämpfen und sind uns doch ähnlicher, als wir wahr haben wollen. Das Andere lebt noch ein Weilchen. Ein wenig Standortbestimmung muss noch sein. Aber niemand vergeudet dessen wegen ein Leben für den Kampf! Vielleicht auch gut so: Der Individualismus hat in seiner Konsequenz nur Enttäuschung geboten, Krisen und unbe-

friedigte Geschöpfe." Panini versuchte zu lächeln. Eusebius rannen Tränen über die Wangen. Schließlich ergriff
er seine Spitzhacke und hieb mit ganzer Manneskraft in
den Erdboden, seine Empörung zu entladen. Ein Splitter
löste sich vom Gestein und schoss gegen Paninis Schienbein. Ein markerschütternder Fluch fuhr gen Himmel,
dann kippte Panini schwer getroffen nach hinten um und
fasste sich an sein wundes Bein. Doch während Panini
sich vor Schmerzen krümmte, schenkte Eusebius ihm
keinerlei Aufmerksamkeit. Stattdessen kniete Eusebius an
der Stelle nieder, wo sein Hieb mit voller Wucht die Erde
aufgerissen hatte. Er begann die Krume zu beseitigen,
grub vorsichtig tiefer und hielt bald eine sorgsam behauene Steinplatte in Händen. Eine Seite der Tafel war vollständig mit einer feinen Gravur überdeckt. Panini fluchte
auf allen Kanälen und war erbost über die Kaltschnäuzig-
keit seines Partners. Eusebius mühte sich seinen Fund frei
zu legen.

„Sieh doch, was mit meinem Schlag zu Tage kam,
Panini!", begann dieser und blies Reste von Staub sorgsam von der Steinplatte, die er jetzt in seinen Händen
hielt. Panini stutzte und begriff, dass er es wohl für einen
so gewichtigen Fund halten musste, dass er von seinem
Leid überhaupt keine Notiz nahm.

„Ein Relief! Eine gemeißelte Inschrift!"

Zornig und ungeduldig fuhr Panini seinen Kumpa-
nen an: „Mach schon und lies vor, Du Hornochse." Be-
dächtig entzifferte Eusebius die Schrift:

Ankündigung einer wahren Geburt

(Es handelte sich um jene Prophezeiung, die bereits
zu Beginn der Erzählung Erwähnung fand und die dem
im besten Alter befindlichen, körperlich, geistig erstarkten

und langjährig geneigten, redlichen Leser gewiss noch im Gedächtnis sitzen dürfte. Zur Unterstützung all der Gesunden aber, die sich tagtäglich unter künstlicher Sonne am Lethefluss baden und all den fittgeilen Beischläfern, die im vermeintlich titanischen Peniswettstreit niemals darauf gekommen sind neben Yvonne, Janine und Bettina auch noch Mnemosyne zu begatten, weil sie doch nicht heranreichen an des Jupiters Schwanzlänge, wohl ahnend, dass sie sich nicht im Stande befänden auch nur eine klitzekleine Muse zu zeugen, sei an dieser Stelle noch einmal die Prophezeiung in vollständigem Wortlaut abgemeißelt:)

Ankündigung einer wahren Geburt

Seit ewigen Zeiten trugen sie ihre Kinder in ihren Bäuchen, doch hat es sich einst ergeben, dass sie immer größer gerieten und ihnen schließlich der Ausgang auf immer versperrt bleiben sollte. So denn trugen sie ihre Kinder und deren Kinder ihre Kinder in ihren unermesslichen Bäuchen vor sich her, erlitten dabei die Qualen der ewigen Hölle und beteten, auf dass ihnen jemand die Bäuche aufschnitte und sie sich ihre Gedärme entleeren könnten. Sie versuchten sich die Leiber zu entreißen, schlugen sich Nägel ins Fleisch, ja sie führten gar Krieg, um zu sterben, auf dass ihre Kinder aus ihren Bäuchen erstünden. Doch sie gewannen keine Schlachten mehr, die Visionen hatten sich verflüchtigt. Zu glauben, dass ihre Kinder noch leben könnten, war verpönte Utopie. Die Rücken verbuckelt, leckten sie nur mehr im Staub, schnüffelten nach dem lockenden Geschmack jedes Fruchtwassertropfens.

Die Geburt des Philosophenkönigs ward schon zu lange erwartet und mit nicht geringer Sehnsucht erhofft. Um sein Kommen flehten sie tagtäglich, endlich zu sehen, wie ein Philosophenkönig auf Erden komme. Die Mäuler zerrissen sich all jene, deren Glaube längst erloschen war und deren Dahindümpeln für niemanden mehr erträglich war. Sein Kommen ward Jahrhunderte prophezeit und die Ungeduld gebar nun seltsames Verhalten. Von Sorge zerfressen krochen sie Ihm entgegen, versuchten sich durch jede Nabelschnur Einblick zu verschaffen, vorzudringen, den Geburtskanal hinan. Man schickte Blitz und Schläuche, zerstach manch mütterliche Brut, seine Zellen auszuschaben, seinen Embryo herauszulösen ihn ungewollt ans grelle Licht zu zerren. Sorglos dumpf verschwendeten sie sich und ihre Kinder, doch stets die Mäuler offen und faselnd vom König, der ihnen versprochen ward!

Der Philosophenkönig - er naht!

Eine wahre Geburt wird kommen!

Doch heillose Gewissheit kündet nie von der Zukunft für ein marodierendes Geschlecht. Sie verfügt allenfalls seherischen Geschmack. In intimer Zweisamkeit räkeln sich dort Wahrheit und Dummheit unverhohlen im verschmutzten Nest. Wer da wagt die Pforte aufzuschlagen, der öffnet dem Verstandesgefasel Tür und Tor.

So schleich er sich hinfort!

Bis dass die Prophezeiung sich erfülle!

*

Als er zu Ende war, sank Eusebius neben Panini in den Morast.

46. UND VIELLEICHT LETZTES KAPITEL

Am Ende der Erlösung

„Zerstöre dies unselige Machwerk! Diese Ursache allen unheilvollen Daseins", röchelte Panini. Eusebius sah ihn verstört an und hielt ungläubig das behauene Stück Stein wie ein Baby in seinem Arm. Zwei von Arbeit und Schmerz gezeichnete Kreaturen kauerten in einem Erdloch dicht beieinander, verunsichert, angespannt und nervös wechselten sie Blicke und versuchten hinter die Gedanken des jeweils anderen zu kommen.

„Panini, denk an die Masse, die auf die Erfüllung dieser Prophezeiung wartet? Denk doch an all die Weiber mit ihren dicken Bäuchen, die sie qualvoll und dennoch mit Hoffnung vor sich her tragen. Sie sehnen sich nach nichts mehr, als dass sie ein kleines *Menschlein* zur Welt bringen. Und sie sehnen sich nach Dir, der Du ihnen versprochen wurdest!"

„Es muss endlich ein Ende sein mit unhaltbaren Versprechungen, unsäglichen Prophezeiungen und den Ankündigungen von Heilsereignissen, die nie stattfinden. Es sei endlich ein Schweigen! – Nein! Es sollen Worte sein, wie sie mir meine Amme eingetrichtert hat. Die war so fett, vollbusig und dickbäuchig, hatte auch so steile Hüften und mächtige Hinterbacken wie jene Londonerin, die ich in Westminster gesehen habe: Ihr erhitzter Leib strotzte von einem Paar gewaltiger Brüste, so groß wie die Stiefel meines Großonkels, und sie hätten gewiss – zu Leder verarbeitet – zwei Dudelsäcke aus Ferrara Konkurrenz gemacht."

„Was hat es ihnen gebracht, das Denken und Spekulieren, den Philosophen und Intelektuellen, frage ich Dich, den König der Zunft?"

„Lass das mein Freund! Philosophie, Eusebius, ist nur allzumenschlich! Was ihnen bleibt sind sie selbst. Der Einzelne, jeder für sich. Endgültig vorbei, die Zeit, der großen Erwartungen! Es wird keiner kommen, uns zu bewahren: Kein Erlöser, kein König, kein Gottessohn, kein Heiliger und erst recht kein Philosophenkönig!" Eusebius sah verständnislos auf die Steinplatte, die er immer noch fest in seinen Händen trug:

„Alle sollten die Chance auf eine wahre Geburt haben …"

Panini fasste ihn am Arm:

„Haben sie! Haben sie! Nur müssen sie endlich begreifen! Begreifen, dass es ihnen allein in ihren Schoß gelegt ist. Sie selbst können sich retten, wenn sie endlich lernen, sich selbst für wert zu befinden. Was kümmern uns die Prophezeiungen von gestern?! Sie dürfen nicht wieder und wieder auf eine Wahrheit warten. Nicht noch einmal und noch einmal! Sie wird nicht kommen! Weißt Du, ich habe schon Frauen gesehen, die keine Schamöffnung hatten, keine Scheide und keine Gebärmutter und die aus diesem Grunde nach langjährigen Ehen geschieden wurden. Aber sie waren doch Menschen!

Du sagst den Kindern der Klageweiber sei ihr Weg in die Welt versperrt? Ja, weil es die Kinder von Klageweibern sind!"

Eusebius ergriff der Zorn:

„Meinetwegen sollen sie Tiere gebären, sollen sie weiterhin ihr Jammern und Zagen üben. Mir wird es zu viel! Welch lange Reise! Und nun bleibt nichts?!", tobte er.

„Es ist nichts Schlimmes dabei, es ist wie ein Erwachen! Dann werden sich die Schenkel, wie von alleine öffnen und es wird Erleichterung sein. Weißt Du, mein Freund, eines ist mir auf dieser Reise klar geworden: Mit Vernunft ist diese Welt nicht zu regieren, bestenfalls etwas besser zu verstehen. Die Wahrheit hat schließlich nur die Lüge hervor gebracht, der Reichtum die Armut, und das Glück nur Unglück beschert. Verstehen allein bringt Verstopfung. Die Menschen nicken mit schweren Köpfen, wiegen ihre hängenden Bäuche über den Latrinen und üben sich in Resignation. Und der Dichter macht alles noch viel schlimmer:

> *Zwei Blumen blühen für den weisen Finder,*
> *Sie heißen Hoffnung und Genuss.*
> *Wer dieser Blumen eine brach,*
> *begehre die andere Schwester nicht.*
> *Genieße, wer nicht glauben kann.*
> *Die Lehre ist ewig wie die Welt.*
> *Wer glauben kann, entbehre.*

Mein Gott, alles Quatsch! Es gibt nicht nur ein Entweder-Oder! Weshalb sich entscheiden, frage ich Dich?! Ich sage Dir, ohne das eine, wirst du das jeweils andere nicht finden!" Panini erhob sich und fügte von Spott und Zynismus getrieben hinzu: *„Aderit iam tempus* – die Stunde ist da! Der Anbruch des neuen, des lang erwarteten Heils ist verbürgt durch das Lächeln, mit dem der Knabe nach der Geburt die Mutter begrüßt!" Er lachte laut auf: „Habe ich wirklich gelächelt, als Ikea mich an die Fußleiste knallte?"

Mit einem Mal war die gespannte Stimmung aus ihren Gesichtern und ihren Herzen gewichen. Auch Eusebius erhob sich aus dem Dreck, das Relief mittlerweile lässig unter die Achsel geklemmt: „Glaube mir, Panini, ich hätte diese Spitzhacke so oder so morgen nicht mehr angerührt. Mich schmerzt mein Kreuz zu sehr!" Panini umarmte seinen Weggefährten und schüttelte ihm dankend die Hand: „Komm, wir machen Feierabend! Lass uns in die nächste Stadt eilen, um mit reichlich Wein und Schwein uns redlich den Verstand zu versaufen und unsere vernachlässigten Bäuche zu strapazieren."

„Das ist ein Wort! Wir werden mal wieder mit einigermaßen köstlichen Gedanken unseren Geist durchspülen und unser Herz erfreuen an den Brüsten der Kellnerin." Die letzten Worte schon im Lauf gesprochen, sah Panini seinem Weggefährten unendlich erleichtert hinterdrein und schickte sich an ihm nachzueilen und dachte bei sich: Zu welch vernünftigen Entscheidung wir doch immer wieder fähig sind! Im Laufschritt verließen sie ihre Baustelle und ließen ihr Lager ohne Wehmut zurück. „Ich habe verlauten hören, sie solle berühmt sein für ihren luftgetrockneten Schinken."

„Die Kellnerin?"

„Die Stadt, Du Idiot!"

47. Und wirklich letztes Kapitel

Wie Panini und Eusebius Verfolger witterten und zu Gehetzten wurden

Ein zäher Fußmarsch sollte es werden, der ihren anfänglichen Lauf zunehmend abbremste. Durch unwegsames Gelände führten verschlungene Pfade die beiden bis kurz vor besagte Stadt, die – wie wir erfahren haben – schon damals berühmt war für ihren herrlichen Schinken, ihre feisten Schankschwestern und ihre verschwiegene Architektur. Noch bevor sie ihr Ziel erreichen sollten, gerieten Panini und Eusebius jedoch an einer unscheinbaren Weggabelung ins Stocken und sahen sich unsicher an. Beide spähten abwechselnd in die unterschiedlichen Richtungen, in die sich der bislang so eindeutige Weg nun beabsichtigte aufzudröseln.

„Links! Man kann doch schon die Dächer der ersten Häuser erkennen!", forderte Eusebius.

„Ich kann nichts erkennen", stotterte Panini. Nach kurzer Pause fügte er hinzu: „Nein, Ich glaube ich kann nicht zu den Häusern."

„Was sagst Du da? Bist du noch bei Trost? Ich kann den Schinken schon riechen", insistierte Eusebius.

„Lass Dich nicht aufhalten, noch einmal zu den Menschen zu gehen. Nimm den Stein mit Dir und geh allein!" Eusebius, dem augenblicklich deutlich wurde, dass es in diesem Moment ernst wurde, ahnte gleichzeitig, dass es zwecklos sein würde, hier und jetzt einen Diskurs zu eröffnen. Enttäuscht und traurig senkte er seinen Blick. Er ließ den Reliefstein vor sich in den Staub sinken und flüsterte unter dem Druck der anstehenden Tränen: „Somit wäre an dieser lächerlichen Weggabelung unser gemeinsamer Weg zu Ende, mein Freund und König? Und wohin willst Du gehen?"

„Was siehst Du mich vorwurfsvoll an", schimpfte Panini, „Dein Weg wird ein leichter sein! Solange Du es denn bei den Menschen auszuhalten vermöchtest, kannst Du dich den Wonnen von Speis und Trank hemmungslos hingeben. Doch für mich sieht die Welt leider anders aus! Glaubst Du wirklich, sie ließen mich so einfach in Ruhe? Mich, den vermeintlichen *„Philosophenkönig"*! Was, um Gottes Willen, würde mich wohl erwarten? Sie sind uns doch bereits auf den Fersen; natürlich meinetwegen!"

„Das also hast Du mir verschwiegen!" Panini deutete in die Ferne: „Hörst Du sie nicht?" Sie lauschten. „Ihre Hunde haben meine Fährte in der Nase. Was sie einmal aufgespürt haben, das geben sie nicht wieder verloren. Höre! Sie kommen! Gehe Du in die Stadt und trinke ein Fässchen auf mein Wohl, ich muss mich nun sputen!"

In der Ferne konnte man nun kaum vernehmbar, wenn auch eindeutig, gehetztes Bellen und geiferndes Jaulen ausmachen. Da hatte jemand zweifelsohne die Fährte aufgenommen. Und wie man ahnen konnte, handelte es sich um wenig liebenswerte Zeitgenossen. Augenblicke später waren Gigantenhunde am Horizont zu erkennen und von niemandem mehr zu überhören. Die gesamte Weltengegend schien sich augenblicklich zu verfinstern. Alles ringsum erschauderte unter ihrem höllischen Röcheln. Die Erde bebte unter dem Stampfen der Pranken. Der vorausstinkende Atem der Bestien verpestete, wie der Hauch der Hölle selbst, die eben noch lieblich duftende Flur. Es schien den beiden Helden nun, als wären ihre letzten Minuten gekommen. Sie standen im Sturm und dennoch unentschlossen; gebannt lauschend, wie festgenagelt, jeder mit bereits einem Fuß auf seinem Pfad. Eusebius schaute zu Panini und dieser hielt mit fordernder Mine dagegen. Wie auf ein Kommando setzten sich beide in Bewegung. Gemeinsam rannten sie keinen der beiden Wege – *querfeldein* – um ihr Leben. Sack und Gepäck noch auf dem Rücken und in Händen, waren sie nicht allzu schnell. Welchen Sinn macht es Dinge mitzunehmen, wenn man davon ausgeht in den nächsten Minuten zerfetzt zu werden? Ein kurzer einvernehmlicher Blick zwischen den beiden, und sie warfen alles von sich, um ihre Chance den hungrigen Mäulern zu entlaufen, geringfügig zu verbessern.

48. Und allerletztes Kapitel

und plötzlich ...

Buschwerk peitschte ihre Gesichter, Wurzeln erhoben sich gegen sie. „Das kommt davon, wenn man vom Weg abweicht", fluchte Eusebius. Sie rannten als wären ihnen augenblicklich die Lungen von Delphinen und die Beine von Antilopen gewachsen. Die Felder ließen sie wie im Fluge hinter sich. Als sie in den Wald eindrangen keimte Hoffnung, man könne noch einmal der Auslöschung entgehen. Kaum überlegt schien sich der Wald wieder zu lichten. Unterholz, Gestrüpp und wieder eine Lichtung, dann war der Wald überstanden und eine weite Ebene öffnete sich ihnen. Auf der Ebene konnten sie schneller laufen, waren aber auch leichter zu sehen. Für diese Bestien wäre es einerlei, sie im Wald oder auf dem freien Feld auszumachen. Sie gewannen an Geschwindigkeit, doch die Ebene gewann langsam an Steigung. Das Gebell wurde leiser, schien sich im Wald verlaufen zu haben und war bald kaum noch zu hören. Dennoch ließen sie nicht nach und rannten die schiefe Ebene wie besessen bergan. Eine Fläche streckte sich vor ihnen ins Unendliche gegen den Horizont und ihr Ende verschwamm mit dem Nebel, der sich unvermittelt über sie gelegt hatte. Die Freunde befielen das ätzende Jucken grenzenloser Fremde und die quälende Ahnung maßlosen Unverständnisses. Hierher wollten ihnen wohl nicht einmal mehr die Gigantenhunde folgen. Sie liefen nun dicht beieinander in die immer undurchsichtiger werdenden Nebel. Hinein ins Ungewisse, bis schließlich die Suppe so dicht wurde, dass sie sich gegenseitig nicht mehr sehen konnten. Sie rannten um ihr Leben und nahmen nur noch gegenseitig die Atemzüge des anderen wahr. Bis schließlich unvermittelt der Boden vor ihnen abriss und ein unendlicher Abgrund sich auftat, den keiner der beiden in seiner Größe sich je hätte vorstellen können. Eusebius erstarrte, während Panini geistesgegenwärtig ins Nichts hinaus schrie:

„Spring!"

Sprachlos stürzte Eusebius ins Nichts. Panini spürte nur, wie dieser sich entfernte, und plötzlich fühlte er Zweisamkeit. Der Freund verlor sich lautlos in der Tiefe. Endlich vernahm Panini unter all dem Nebel einen trockenen, dumpfen Schlag, wie von einer Großen Trommel. *Er* [t]eilte von dannen, bis er sich selbst in den Nebeln seines Ursprungs verlor.

ENDE

Dem redlichen Leser!

Ihm sei zuletzt mein Dank übermittelt, für seine ausdauernde Neugier und seinen löblichen Fleiß. Sicherlich vermisst der wahrlich Akribische eine Aussage über den weiteren Verbleib des Helden. Nur soviel lässt sich sagen: Man beschuldigte ihn vielerorts des Todes seines Freundes. Man warf ihm Arglist und Überheblichkeit vor, diagnostizierte ausgeprägt egoistische Persönlichkeit, pathologische Selbstbezüglichkeit, egomanischen Individualismus. Dies und vieles mehr trugen seine Gegner, von denen die wenigsten ihn zu Lebzeiten zu Gesicht bekommen hatten, gegen ihn ins Feld. Für sein vermeintlich arrogantes Verhalten musste er in seiner Abwesenheit so manche Schläge einstecken. Allerdings glänzen, wie bekannt, ja gerade bei Abwesenheit, diejenigen durch üble Nachrede, die ansonsten den Kienspan im Maul feilhalten. Na ja, und seine Jünger, das versteht sich von selbst, die hoffen noch heute auf ein Wiedersehen. Einige behaupteten steif und fest, er sei ins Netz gegangen und hingerichtet worden, wohl um ihn endgültig zum Märtyrer machen zu können. Die etwas bodenständigeren Gemüter vermuteten er habe wahrscheinlich tatsächlich dem Geruch des rohen Schinkens nicht widerstehen können und sei unentdeckt zurückgekehrt, in jene Stadt, die sein letztes Ziel gewesen sein soll; was ich allerdings für äußerst unwahrscheinlich halte, wenn auch nicht für unmöglich. Glauben schenken darf man am ehesten der dritten Annahme, dass er, der Philosophenkönig, nie wieder gesehen worden war, unter den Menschen, seitdem den Autor die Halluzinationen endlich verlassen hatten.

Leider, lieber Leser, versiegt an dieser Stelle die glaubwürdigste aller Quellen. Ich bedaure selbst am meisten, dass dem aufrichtigen Finder des Reliefsteines, aber umso unmäßigeren Fresser, der einerseits die Verwendung des gemeißelten Unfugs als Baumaterial verschuldete, was ihm, bei der Aussicht auf freie Kost und Logis auf Lebenszeit, nicht zu verdenken sei, dem wir andrerseits übergebührlich die Übermittlung der Ereignisse bis hierher danken müssen, während seiner Verköstigung ziemlich schnell die Luft ausgegangen war und wenige Augenblicke später sein Verstand flöten. Aus diesem Grunde hielten sich die Kosten für seinen Unterhalt zwar in Maßen, doch leider war alles Weitere, was er von sich gab, mit Recht nur noch als sinnlos bezeichnet worden und nicht weiter für Wert befunden es aufzuzeichnen. Schade oder Schande: Es kommt nicht mehr! Und es bleibt uns nichts, als zu schließen: Conclusio![15]

---

[15] „Die Erlösung liegt wie immer jenseits der Geschichte", wie ein mehr oder weniger berühmter Mann einmal sagte. (Soweit sich der mittlerweile sehr mitgenommene und stark ergraute Autor noch zu erinnern vermag.)

Sie gehören alle sich selbst und sie sind alle unfruchtbar.

Oswald Spengler

*Nur zu empfehlen für den unersättlichen Schlaumeier, der erpicht darauf ist,
sich jeder Träumerei zu berauben.*

S.3 Wir sind Totgeborene: Dostojewskij, Fijodor, *Aufzeichnungen aus
dem Kellerloch.*

S.9 Πόλεμος: Heraklit: *„Polemos pantōn men patēr estin,…"* (Übersetzung: „Auseinandersetzung (Krieg) ist der Vater aller Dinge")

S.11 "Wer also vieles Schöne: Platon, *Der Staat*, Fünftes Buch (479d-480a)

S.25 Stuprukratie und Plorokratie: von *stuprum* (lat.) = Unzucht
und *ploro* (lat.) = laut jammern

S.36 befreundeten und den geselligen Zahlen: Singh, Simon, *Fermats letzter Satz*, München 2000, S.83f

S.57 was aus diesen Elementen: Pirandello, Luigi, *Humor*, S.24

S.58 „Wenn man Sie so sieht: Baudelaire, Charles, *Der Spleen von
Paris*, S.90f

S.73 Er muss sich: Entsprechend den Fächern Arithmetik, Geometrie,
Astronomie und Musik.

S.74 In Wahrheit: Platon, *Der Staat*, Siebentes Buch, S.308

S.86 Was man nirgendwo: Die letztgenannten Artisten sind besonders hervorzuheben als die Erscheinungsformen von Zweifler, Existentialist, Realist und Idealist.

S.95 „Nun los, da wollen: Vgl. *Das fromme Gastmahl* des Erasmus v.
Rotterdam, zit. n. Le Goff, Jacques, *Die Intellektuellen des Mittelalters*,
S.160

S.99 Anti-Materialisten: Siehe Von Samsonow, Elisabeth, Giordano
Bruno, S. 22/ Über die Ursache..., Vierter Dialog, S.414

S.112 dem Intellekt: Bruno, Giordano, *Über das Unendliche*, S.34

S.112 Das Dreigestirn: Kopernikus, Galilei, Descartes. Die Evidenz
der Wissenschaften hat die Schulphilosophie des Mittelalters zerschlagen.

S.113 „Doch endlich: Villon, Francois, *Meditation und Abschied*, Übersetzung nach Carl Fischer, S.29f

S.147 „Die, um zu reisen: Régnier, Mathurin, *Satire XIV*, Vers 13-14

S.148 „Je mehr ich: Régnier, Mathurin, *Satire XIV*, Vers 7-8

S.148 „Dies ist eine: Foucault, Michel, *Wahnsinn und Gesellschaft*, S.158

S.149 „Die erstaunenswürdige: Lesser, Friedrich Christian, *Testaceotheologie*, 1744, zit.n. Geier, Manfred, *Kants Welt*, S.84f

S.150 UNSINKBAR **II:** Brandt, Sebastian, *Das Narrenschiff*, 108. Das Schlaraffenschiff: „Gesellen folgt uns unverwandt! / Wir fahren ins Schlaraffenland / Und stecken doch in Schlamm und Sand"

S.153 „Seid nur ohne Furcht: Rabelais, F., 35. Kapitel

S.163 *in Nachdenken*: Hume, *Nachtgedanken eines Zweiflers*

S.170 bis er endlich: Nietzsche, Friedrich, *Zur Genealogie der Moral*, 3., S.250

S.170 Lehren kündet: Vögelin, Georg, Konstanz, abgedruckt von Gasser in der süddeutschen Ausgabe der *narratio prima*, Basel 1541/ zit. n. Zekl, Hans Günter (Hrsg.), Nicolaus Kopernikus, *Das neue Weltbild*, Meiner Verlag, 1990, Einleitung, S.XV

S.196 Nein!: Giordano Bruno: *Über die Ursache, das Prinzip und das Eine*, Erster Dialog, S.28

S.197 ich habe schon Frauen: La Mettrie, *L'homme machine*, Reclam, S.46

S.198 *„Zwei Blumen blühen*: Schiller, *Resignation*

S.198 „Aderit iam tempus: zit.n. *Dante lesen heute*

S.206 „Die Erlösung: Korrekt heißt es: „Die Lösung liegt wie immer jenseits der Geschichte", in: Günther, Gotthard, *Dieser Substanzverlust des Menschen*.

S.207 Sie gehören alle: Spengler, Oswald, *Der Untergang des Abendlandes*.

INHALT